Marion Dane Bauer
Der Angst hat, bist doch du

Die Autorin:

Marion Dane Bauer wurde in Oglesby, Illinois, geboren. Sie studierte Journalismus und Englisch an der Universität von Missouri, heiratete und zog nach Oklahoma. Heute lebt sie mit ihrem Mann und ihren beiden Kindern in Minnetonka im Bundesstaat Minnesota. Sie verfaßte bisher fünf Jugendbücher, in denen sie zumeist auf spannende und psychologisch eindringliche Weise menschliche Grundsituationen schildert. In deutscher Sprache erschien neben dem vorliegenden Band ihre Erzählung ›Mondfinder‹.

Marion Dane Bauer

Der Angst hat, bist doch du

Aus dem Amerikanischen von Helga Lüdtke

Deutscher
Taschenbuch
Verlag

dtv

Titel der amerikanischen Originalausgabe: ›On my Honor‹,
erschienen 1986 bei Houghton Mifflin Company, New York

Ungekürzte Ausgabe
Februar 1991
3. Auflage Juni 1993
Deutscher Taschenbuch Verlag GmbH & Co. KG, München

ISBN 3-414-88271-X
Umschlaggestaltung: Celestino Piatti
Umschlagbild: Haidrun Gschwind
Gesetzt aus der Garamond 10/13'
Gesamtherstellung: Ebner Ulm
Printed in Germany · ISBN 3-423-78013-4

Für die Familie Mason.
Ihre Lebendigkeit hat meine Kindheit mitgeprägt.

1

»Die Todesfelsen hochklettern? Du bist verrückt!« Beim bloßen Gedanken an die glatten Felsen am Fluß lief Joel ein Schauer über den Rücken. Er beobachtete Tony aus den Augenwinkeln. »Letzes Jahr ist jemand dabei umgekommen! Hast du das vergessen?«

Tony zog die Schultern hoch, legte einen Heber auf dem Hinterrad seines klapprigen BMX hin und drehte auf der Stelle.

»Keiner weiß, ob dieser Typ tatsächlich geklettert ist. Vielleicht ist er von oben runtergefallen ... oder sogar runtergesprungen.«

Joel beugte sich über sein Zehngangrad und wischte nichtvorhandenen Staub vom Schutzblech. »Also, wenn du das vorhast – ich fahre nicht mit da raus. Schwachsinn sowas.« Er bemühte sich, seiner Stimme einen selbstsicheren, überzeugenden Klang zu geben. Wenn es ihm nur einmal gelänge, Tony eine seiner verrückten Ideen auszureden.

»Du brauchst nicht zu klettern, wenn du Schiß hast, Bates«, sagte Tony.

»Wieso Schiß?« Joel leckte sich über die Lippen, die sich trocken anfühlten. »Ich möchte einfach lieber schwimmen gehen, das ist alles. Heute wird es bestimmt heiß. Wir könnten auch was an unserem Baumhaus tun. Mein Vater hat neues Holz mitgebracht.«

»Um das Haus können wir uns später kümmern«, sagte Tony, »wenn wir zurück sind. Und zum Schwimmen habe ich keine Lust.«

»Zum Schwimmen hast du nie Lust«, knurrte Joel. Im

Geist sah er das leuchtend blaue Wasser des Freibades vor sich. Die Wahrheit war, daß Tony fast nie zu dem Lust hatte, was Joel wollte. Manchmal fragte sich Joel, warum sie überhaupt Freunde waren. Die Tatsache, vor zwölf Jahren innerhalb derselben Woche auf den gegenüberliegenden Seiten derselben Straße geboren zu sein, das war doch noch nicht alles, was eine Freundschaft ausmacht.

Tonys Mutter, Mrs. Zabrinsky, hatte Joel in Obhut genommen, als seine Mutter wieder zu arbeiten anfing. Da war er sechs Monate alt gewesen. Er und Tony hatten sich als Babys für dieselben Spielsachen begeistert. Noch heute meldete sich Joel tagsüber bei Mrs. Zabrinsky, sagte ihr, wohin er ging.

Was Tony und ihn tatsächlich zusammenhielt, das wußte er nicht, außer daß ihm andere Kinder im Vergleich zu Tony langweilig vorkamen.

»Komm schon, Joel«, sagte Tony. »Laß uns heute zum Park rausfahren. Morgen gehe ich dann mit dir ins Schwimmbad.«

Joel dachte an die lange, kurvenreiche Rutsche im Freibad. Er seufzte. Morgen regnete es bestimmt. Oder Tony hatte wieder einen neuen Plan ... mindestens genauso verrückt wie dieser. Dann würde er so tun, als könne er sich an sein Versprechen, mit ins Freibad zu kommen, nicht mehr erinnern. Joel packte seine Brote in die Satteltasche hinter dem Fahrradsitz. Allein schwimmen zu gehen, machte keinen Spaß, aber immer noch besser, als in den Parkfelsen umzukommen. Dort waren überall Schilder aufgestellt, die dazu aufforderten, auf den Wegen zu bleiben. Und ganz sicher wollte Tony ausgerechnet von der Flußseite her aufsteigen.

Die Haustür von Joels Haus öffnete sich, und sein Vater kam mit Bobby heraus, Joels vierjährigem Bruder. Das Frühstück bekam Bobby von seinem Vater zurechtgemacht, der ihn dann zu den Zabrinskys brachte, weil die Mutter früher zur Arbeit mußte als er. Mrs. Zabrinsky war inzwischen Bobbys Kinderfrau.

Als Joel seinen Vater sah, wie er Bobby mit festem Griff an der Hand hielt, kam ihm eine Idee. Er würde ihn um Erlaubnis fragen, mit dem Fahrrad zu den Todesfelsen hinauszufahren. Die Kletterpartie brauchte er ja gar nicht ausdrücklich zu erwähnen. Bestimmt würde sein Vater einwenden, die Fahrt zum Park sei zu weit, zu gefährlich. Dauernd machte sich sein Vater um so etwas Sorgen.

Tony würde zwar sauer sein, daß er gefragt hatte, aber das würde er schon verkraften.

Auf jeden Fall könnte Tony dann nicht behaupten, Joel sei zu Hause geblieben, weil er ein Angsthase sei.

»Hallo, Papa«, rief Joel. Das ging noch einfach. »Darf ich mit Tony zu den Todesfelsen fahren, mit dem Fahrrad?« Er drehte Tony ein wenig den Rücken zu, um seinem Blick auszuweichen. Er konnte sich genau vorstellen, wie gemein Tony jetzt guckte.

Sein Vater blinzelte in die Morgensonne, die gerade über den Häusern aufgestiegen war. »Den ganzen Weg da raus zum Nationalpark?« wiederholte er, als ob es noch andere Todesfelsen im Staate Illinois gäbe.

»Ja«, sagte Joel, »so weit ist das doch nicht. Vielleicht zehn oder zwölf Meilen.«

»Schätze acht oder neun«, sagte sein Vater, der mit Bobby im Schlepptau näherkam. »Aber noch eine ganz hübsche Strecke trotzdem.«

»Ich will auch mit«, verkündete Bobby. »Ich will mit zum Nationalpark. Ja, Papa? Ja, Joel?«

Seine Stimme erinnerte Joel an das aufdringliche Sirren einer Stechmücke. Joels Mutter behauptete, alle Vierjährigen durchliefen diese Quengelphase. Ein Jahr kam Joel als Phase ziemlich lang vor.

»Heute wird es heiß«, fuhr sein Vater fort und nahm Bobbys Betteln gar nicht zur Kenntnis. »Und diese Straße ist ziemlich unübersichtlich . . . bergig und kurvenreich.«

»Ja, Papa?« Bobbys Stimme nahm an Lautstärke und Höhe zu. »Kann ich mit Joel mit?«

»Nein.« Sein Vater schüttelte den Kopf. »Ich bin noch nicht mal sicher, ob diese beiden hinfahren werden. Los, lauf rüber zu den Zabrinskys. Aber sei vorsichtig, Bobby. Paß auf die Autos auf!«

Es gab fast keine Autos, auf die man in dieser ruhigen Straße hätte aufpassen können, aber sein Vater sagte trotzdem solche Sachen. Bobby zog mit vorgeschobener Unterlippe davon.

»Wir sind vorsichtig, Papa.« Joel konnte in seiner eigenen Stimme eine Quengeligkeit erkennen, die fast so schlimm klang wie bei Bobby.

Er hörte sich an, als ob er tatsächlich fahren wollte.

»Wir passen schon auf, Mr. Bates. Ehrlich!« bettelte Tony. »So weit ist es nicht bis zum Park, und wochentags ist da kaum Verkehr.«

Joels Vater fuhr sich mit den Fingern durch die Haare, so daß die Spitzen aufrecht stehen blieben. »Ich weiß, so stark ist der Verkehr nicht, aber die Berge, dadurch kommt es einem viel weiter vor.«

»Wenn wir müde werden, kehren wir einfach um«, sagte Tony.

Joel sagte gar nichts mehr. Wenn dieses Argument gewann, hatte er verloren. Aber er war sicher, sein Vater würde die Erlaubnis nicht geben.

Mit leichtem Stirnrunzeln musterte sein Vater die Fahrräder. Joel fragte sich, ob es ihn denn gar nicht interessierte, wozu Tony das Seil mitnahm, das er um die Lenkstange gewickelt hatte. *Um uns beim Klettern aneinander zu binden*, hatte Tony verkündet. Aber Joels Vater sagte nur: »Zu essen habt ihr schon eingepackt?«

»Klar«, antwortete Tony und tätschelte seinen Brotbeutel, den er mit dem Seil am Lenker befestigt hatte.

Der Vater drehte sich wieder zu Joel um. »Du weißt, daß du heute nachmittag noch deine Zeitungstour machen mußt, Joel?«

Joel nickte. Das wußte er.

Vielleicht wäre *das* eine Ausrede.

»Was ist, wenn ihr zu müde zum Zurückfahren seid? Tonys Mutter hat kein Auto, und ich möchte auf keinen Fall, daß jemand vorzeitig von der Arbeit weg muß, um euch aufzusammeln.«

Tony sah Joel an, offensichtlich in der Erwartung, daß er nun seinerseits mit Argumenten herausrückte. »Wir machen schon nicht schlapp«, sagte Joel mechanisch.

Die Augen seines Vaters schienen das zu bezweifeln, aber dann wandte er sich zu Tony und fragte: »Weiß deine Mutter, was ihr vorhabt?«

»Klar«, antwortete Tony leichthin, und Joel wußte, auch ohne ihm ins Gesicht zu sehen, daß er log. Wann immer er es vermeiden konnte, sagte Tony seiner Mutter nicht Bescheid, und da sie ständig mit den kleineren Kindern beschäftigt war, stellte sie kaum Fragen.

Der Vater nahm Tonys Antwort mit einem Kopfnicken auf – Erwachsene konnten manchmal wirklich beschränkt sein –, aber dann kam er gleich mit folgendem Vorschlag: »Wie wär's, wenn ihr die Landstraße nehmt, die auf der anderen Seite aus der Stadt führt? Da ist es flach, und mit dem Fahrrad geht es viel leichter.«

»Da geht es doch nirgendwohin«, beschwerte sich Tony. »Total langweilig. Nichts als Maisfelder auf beiden Seiten.«

Keine Felsen zum Hochklettern, fügte Joel in Gedanken hinzu.

Joels Vater seufzte, knöpfte sein Jackett zu und wieder auf. Der Seufzer verursachte bei Joel ein leichtes Magenziehen. Sein Vater überlegte doch wohl nicht, ihnen die Erlaubnis zu geben? Tonys Vater hätte innerhalb einer Sekunde geantwortet, und zwar mit nein.

»Was meinst du, mein Sohn?« fragte sein Vater. »Glaubst du wirklich, daß du die ganze Strecke bis raus zum Park und zurück ohne Schwierigkeiten schaffst?«

Joel konnte spüren, wie ihn Tony belauerte.

»Sicher«, sagte er, auch wenn sich seine Kehle um das Wort zusammenschnürte. »Ist doch ein Kinderspiel.«

Joels Vater schüttelte den Kopf. »Da habe ich meine Zweifel. Aber ich denke, euch beiden wird es nichts schaden, wenn ihr heute abend ordentlich müde seid.«

Joels Knie wurden weich. Sein Vater war drauf und dran zu sagen, daß sie fahren durften.

»Wir trainieren ein bißchen unsere Beinmuskeln«, verkündete Tony strahlend.

Der Vater nahm seinen Blick nicht von Joels Gesicht. »Dein Ehrenwort?« sagte er. »Ihr achtet auf den Verkehr und werdet nirgendwohin fahren außer zum Park? Und auf dem ganzen Weg vorsichtig sein?«

»Mein Ehrenwort«, wiederholte Joel, schlug feierlich ein Kreuz über dem Herzen und hob dann die rechte Hand. Für sich selbst fügte er hinzu: *Und wenn ich in den Felsen abstürze, dann geschieht es dir recht.*

Sein Vater sah ihn noch eine ganze Weile an und nickte dann mit dem Kopf. »Also gut«, sagte er. »Ich gehe davon aus, daß ihr für solch einen Ausflug alt genug seid.«

»Schlag ein, Kumpel!« rief Tony. Er hielt Joel seine schmuddelige Handfläche entgegen und fügte hinzu: »Ich nehme dein Zehngangrad.«

Joel schlug ein. Tonys dunkle Augen lachten und strahlten vor Freude, und er grinste wie ein Zirkusclown. Joel schüttelte den Kopf. »Wieso nimmst du *mein* Fahrrad?« fragte er, obwohl er genau wußte, wieso. Wenn man Tony war, dann war das Ungewöhnliche normal.

Sein Vater war immer noch nicht gegangen. Deshalb sagte Joel mechanisch: »Danke, Papa.« Er versuchte, sich so anzuhören, als sei er tatsächlich froh. Er zwang sich sogar zu einem Lächeln, obwohl sich sein Mund taub anfühlte. »Vielen Dank.«

Sein Vater nickte noch einmal, aber sein Gesichtsausdruck blieb ernst. »Vergiß nicht, mein Sohn«, sagte er schließlich, »du hast mir dein Ehrenwort gegeben.«

»Klar doch«, entgegnete Joel. Wenigstens hätte sein Vater sie ermahnen können, von den Felsen wegzubleiben. »Ich weiß.«

2

Joel sah seinen Vater wegfahren. Er fühlte sich betrogen, wie in einer Falle. Wie sollte er Tony klarmachen, daß er nur so getan hatte – daß er nie wirklich vorgehabt hatte, mit ihm zum Park rauszufahren, nachdem die Idee von der Felsenkletterei aufgekommen war?

»Kann ich dein Rad kriegen, Joel?« bettelte Tony. »Ja, darf ich?«

Joel seufzte. Tony gebärdete sich wie ein Kind, das sich auf Weihnachten freute, und nicht wie eins, das gerade dabei war, sein Leben aufs Spiel zu setzen.

»Nur für die Hinfahrt«, sagte er. Wenn sie zurückkämen – *falls* sie zurückkämen – würde er mehr noch als jetzt über seine Gangschaltung froh sein, das wußte Joel.

Tonys Fahrrad war gebraucht. Vorher hatte es schon drei Brüdern gehört. Es besaß keine Schutzbleche, keine Griffe am Lenker, und nur noch wenige Tupfen zeugten von der ursprünglich roten Lackierung. Für Heber eignete es sich allerdings hervorragend und zum Schanzenfahren. Mit Joels Zehngangrad konnte man schnell oder langsam fahren, aber sonst war es zu nichts zu gebrauchen.

Joel streckte den Arm aus, um Tonys Rad zu fassen, gleichzeitig hielt er seins für Tony hin.

»Los, komm«, sagte Joel. »Fahren wir.«

Es dauerte keine zehn Minuten, bis sie den Stadtrand erreicht hatten. Auf dem Weg an der Schule vorbei streckte Tony die Zunge in Richtung Klassenzimmer der sechsten Klasse raus, in dem sie das letzte Schuljahr zugebracht hatten. Joel, fest entschlossen, sich der verrückten

Laune dieses Tages anzupassen, tat dasselbe, obwohl er gegen die Schule eigentlich nichts hatte.

Die Sonne glühte vom blauen Himmel, einem Blau wie aus dem Tuschkasten angerührt. Als sie die Stadt hinter sich gelassen hatten, fuhren sie durch hohes, wogendes Gras, das sich zu beiden Seiten der Landstraße ausbreitete. Wiesenstärlinge piepsten an den Böschungen der Gräben.

Tonys Ausgelassenheit kannte keine Grenzen. Er fuhr in Achterkringeln und Kreisen, die beide Fahrbahnen der nahezu unbenutzten Straße einnahmen. Einmal probierte er ein Viereck und wäre fast von Joels Fahrrad gekippt.

Joel fuhr voraus, und als es hinunter ins Tal des Vermilion-Flusses ging, beugte er sich nach vorne, trat in die Pedale und brachte Tonys altes Rad derart auf Touren, daß es anfing zu summen. Dies war das erste von unzähligen weiteren Tälern, die noch vor ihnen lagen. Bergab, das ging toll, aber Joel mußte daran denken, wie oft es noch bergauf gehen würde. Vielleicht, schoß es ihm für einen Moment der Hoffnung durch den Kopf, gab Tony vorzeitig auf, noch bevor sie den ganzen Weg bis zum Park hinter sich hatten.

Bald war das Fahrrad schneller, als er treten konnte, und er ließ es im Freilauf rollen. Trotzdem wurde es noch schneller. Einmal versuchte er, über die Schulter hinweg zu erkennen, wie dicht Tony hinter ihm war. Aber als er den Kopf drehte, schlackerte sein Vorderrad so gefährlich, daß er seine Augen schnell wieder nach vorn richtete. Die Reifen surrten auf der glatten Straßendecke, und der Wind fegte ihm durchs Haar, so, als hielten starke Finger seine Stirn von Haarsträhnen frei. Der Fahrtwind zwang ihn, die Augen offenzuhalten, so daß sie trocken wurden und brannten.

Als Joel auf die Brücke zufuhr, den tiefsten Punkt zwischen den beiden Bergen, schien er zu fliegen. Mit der angesammelten Geschwindigkeit könnte er schätzungsweise die halbe Strecke bergauf schaffen, ohne absteigen und schieben zu müssen.

Joel erreichte den Fuß des Berges und schoß so schnell über die Brücke, daß er nicht einmal einen flüchtigen Blick auf den Fluß unter ihm werfen konnte. Aber auch so wußte er genau, wie er aussah: schmutzig-rot, mit trägen, öligen Strudeln.

Als der Schwung des Fahrrads so weit nachgelassen hatte, daß seine Beine mit den Rädern wieder Tritt fassen konnten, begann er zu treten. Die restliche Strecke aufwärts ließ er dabei nicht aus dem Blick. Dann wurde das Treten schwerer. Nur im Stehen konnte er jedes Pedal mit seinem ganzen Gewicht nach unten zwingen.

Als seine Beine schwer wurden, stieg er ab und schob. Tony, der auf dem Zehngangrad fuhr, würde ihn sicherlich jeden Moment überholen.

»Das war vielleicht ein Berg, was?« Er rief über die Schulter, und weil keine Antwort kam, drehte er sich um, um zu sehen, wo Tony geblieben war.

Tony stand in der Mitte der Brücke, unten am Berg, das Zehngangrad hatte er achtlos an das dicke Eisengeländer gelehnt. Er hing weit über das Geländer und sah hinunter auf den Fluß.

»Es ist zum Heulen!« seufzte Joel. Dann sah er sich um, ob Autos kamen – obwohl er wütend auf seinen Vater war, hielt er sich doch an seine Mahnungen –, machte kehrt, stieg wieder auf das Rad und ließ sich bergab rollen. Beim Anstieg nachher würde er keinen Meter mehr gutmachen können. Den ganzen Weg würde er hochschieben müssen. Aber natürlich, an so etwas dachte Tony nicht. Höchste Zeit, die Räder wieder zu tauschen.

»Was gibt es denn da zu sehen?« fragte er, als er neben Tony einen Heber machte.

»Den Fluß«, erwiderte Tony und hängte sich noch weiter über das Geländer. »Ich gucke mir den *Old Man River* an.«

»Quatsch. *Old Man River* wird der Mississippi genannt. Und das da unten ist nur der Vermillion.«

Joel wußte, daß Tony sich um seinen Einwand nicht scherte. Wenn er den Vermillion *Old Man River* nennen wollte, dann tat er das. So war er auch in der Schule ... selbst bei Klassenarbeiten. Er konnte die Lehrer zur Weißglut bringen.

Joel mußte sich plötzlich wegdrehen, als er Tony so sah, weit über das Geländer baumelnd wie ein Akrobat am Trapez. Tony sollte wirklich vorsichtiger sein.

Trotz allen Ärgers wünschte er sich, wie schon oft vorher, daß Tony sein Bruder wäre. Sie könnten Zwillinge sein ... nicht solche, die gleich aussehen oder gleich *sind.* Bei ihren vielen Kindern konnten die Zabrinskys auf Tony eigentlich leicht verzichten. Und wenn sie doch einen Ersatz brauchten: Joel würde mit Freuden Bobby-den-Quengler eintauschen.

»Du machst dir hoffentlich klar«, sagte Joel, »daß das ganz schön anstrengend wird den Berg hoch.«

Tony richtete sich auf und grinste. Seine Zähne leuchteten in dem gebräunten Gesicht. »Wir *müssen* nicht zu den Todesfelsen«, sagte er. »Ich habe ja vielleicht eine bessere Idee.«

»Besser als die Todesfelsen?« Gab es vielleicht doch noch eine Möglichkeit, dem bevorstehenden Streit mit Tony wegen der Felsenkletterei auszuweichen?

Tony sprang mit einem kleinen Hopser neben das Brückengeländer, als könnte er so zum Ausdruck bringen, was er wieder Geheimnisvolles auf Lager hatte. »Wir haben jede Menge Zeit. Wir können machen, was wir wollen.«

»Klar können wir das!« stimmte Joel freudig zu.

»Wir können sogar schwimmen gehen.«

Joel konnte sein Glück kaum fassen. »Klar! Abgemacht!« rief er und hielt Tony seine Hand zum Einschlagen hin.

Aber Tony beachtete diese Geste nicht. Stattdessen beugte er sich mit ausgestrecktem Arm hinunter in Richtung des rötlich-braunen Wassers, das unter ihnen dahinglitt.

»Genau der richtige Tag zum Schwimmen«, sagte Tony. Joels Augen wurden größer. »Im Fluß? Du willst im Fluß baden?«

Tony zuckte ausgiebig mit den Schultern. »Wo denn sonst?«

»Da kannst du gleich in eurem Lokus baden.«

»Wer sagt das?«

»Mein Vater sagt das! Wenn du's wissen willst.«

»Mein Vater sagt das«, äffte ihn Tony mit einer hohen Mädchenstimme nach.

Joel beschloß, seinen Spott besser nicht zu beachten. Er wollte Tony auch nicht an das Versprechen erinnern, das ihm sein Vater abverlangt hatte, bevor sie losgefahren waren. »Du weißt doch, daß wir im Vermillion nicht baden dürfen. Niemand darf das. Es ist gefährlich ... es gibt Untiefen und Strömungen, manchmal Strudel! Abgesehen vom Dreck.«

»Und Alligatoren, wette ich.« Plötzlich wurde Tony ganz feierlich, obwohl in seinen Augen immer noch der Spott tanzte. »Das Rote im Wasser kommt von den blutigen Fleischbrocken, die die Alligatoren von den Schwimmern übrig lassen.«

»Im Vermillion gibt es gar keine Alligatoren! Denkst du, ich bin blöd oder was?«

Joel merkte, wie sein Gesicht heiß wurde, auch wenn ihm klar war, daß Tony ihn nur ärgern wollte. »Und die Farbe kommt einfach vom Lehm. Rotem Lehm.«

»Ach daher!« sagte Tony, kreuzte die Arme und zog sein T-Shirt über den Kopf. »Wenn da keine Alligatoren und auch kein Blut drin sind, dann bade ich auf jeden Fall.«

Er rannte mit Geheul über die Brücke und verschwand zwischen den Sträuchern die Böschung hinunter. Joels Zehngangrad ließ er achtlos am Geländer stehen. Dann tauchte er wieder auf, sein hellblaues T-Shirt schwang er wie ein Lasso über dem Kopf.

»Komm endlich, Joel!« schrie er. »Der letzte ist ein Faultier mit zwei Zehen!«

3

Joel sah zu, wie Tony kreischend und mit den Armen rudernd den steilen Abhang zum Fluß hinabrannte. Er schüttelte den Kopf. Die leuchtend grünen Blattpolster auf der Mitte des Hanges, durch die Tony gerade hetzte, waren vermutlich giftiger Efeu, von dem man Hautausschlag kriegen konnte.

Er warf einen Blick auf sein Fahrrad. Tony hatte sich nicht einmal die Mühe gemacht, es im Gras am Straßenrand zu verstecken. Joel ließ Tonys altes Rad an das Geländer fallen, rollte sein eigenes von der Brücke und legte es behutsam ins Gras unter der Brücke. Einen Augenblick lang überlegte er, ob er Tonys Fahrrad einfach da stehenlassen sollte, wo Tony seins gelassen hatte, offen sichtbar, so daß jeder es klauen konnte. Aber das tat er nicht. Wenn Tonys Rad gestohlen würde, bekäme er nie ein neues.

Im Vermillion baden! So eine verrückte Idee! Vielleicht noch verrückter, als in den Felsen zu klettern. Joel schüttelte den Kopf, als er Tonys Rad neben sein eigenes legte. Dann lief er den Abhang hinunter.

»Siehst du jetzt, was ich meine?« sagte Joel, als er bei Tony am Flußufer angekommen war. »Total dreckig. Und das schlimmste an der Sache – die Chemikalien und Abwässer kann man nicht mal sehen.«

Tony nahm keine Notiz von ihm und zog Jeans und Unterzeug aus. Sein T-Shirt hatte er bereits fallengelassen und die Turnschuhe in die Gegend geschleudert.

»Ganz schön naß, was?« sagte er.

»Habe ich ja gesagt«, antwortete Joel. »Wie euer Lokus.«

Tony tat einen Schritt in den Fluß hinein. Das schmutzige Wasser schwappte über seine Füße und ließ sie vollständig verschwinden. Er wandte sich zu Joel um und grinste.

»Zu wenig Wasser in meinem Lokus. Ich hab's mal ausprobiert.«

»Kann ich mir vorstellen«, erwiderte Joel. Eigentlich wollte er mürrisch klingen, aber er merkte, wie ein Lächeln in ihm aufstieg.

»Kommst du rein?« rief Tony, als das Wasser um seine Knie quirlte.

»Ich warte, bis du absäufst«, antwortete Joel. »Ich will mir das ansehen, damit ich hinterher deinen Leuten Bescheid sagen kann.«

»Bring es ihnen schonend bei«, warf Tony zurück.

»Deine Mutter braucht nicht mit dem Abendbrot zu warten«, gab Joel zur Antwort.

Dann lachten beide, und als das Lachen verebbt war, sagte Tony: »Was ist, kommst du nun rein, oder willst du weiter da rumstehen und gaffen?«

»Wer gafft denn?« Joel zog sich mit Hilfe der großen Zehen die Turnschuhe aus. »Was gibt es an dir schon zu sehen?«

Das Wasser war genau richtig, kühl genug, um anfangs eine kleine Gänsehaut zu erzeugen, aber nicht so kalt, daß man erstarrte.

Das strudelnde Wasser um Joels Beine war wie eine erfrischende Massage. Vorher hatte er sich gar nicht klargemacht, wie stark die Strömung war. Von der Brücke aus schien das Wasser sich kaum zu bewegen.

»Paß auf die Strömung auf«, rief er Tony zu, der ein paar Meter von ihm entfernt flußabwärts stand.

»Aaah!« schrie Tony und griff sich mit beiden Händen an die Kehle. »Die Strömung! Sie hat mich erwischt. Sie zieht mich nach unten. Sie verschlingt mich!«

Jammernd ließ er sich nach hinten sinken. Sein Kopf verschwand im schäumenden Wasser, das er aufgewühlt hatte.

Joel blieb dort stehen, wo er war, und wartete. Als Tony wieder auftauchte, kam er ihm wie ein urzeitliches Monster vor, das sich aus einem Sumpf erhebt: das Wasser rann ihm vom Gesicht, die Arme hingen herunter, und der Kopf war nach vorn gebeugt.

»Mensch, komm«, sagte Joel. »Wenn wir tatsächlich schwimmen wollen, dann laß uns lieber ins Freibad fahren. Da ist es besser.«

Tony richtete sich auf. »Wieso? Das macht doch Spaß hier!«

»Aber im Freibad gibt es eine Rutsche. Und noch andere Jungen.«

»Wozu denn eine Rutsche . . . wozu denn andere Jungen?« erwiderte Tony. »Ist doch Quatsch! Ich schwimme jetzt!«

Kopfüber stürzte er sich ins Wasser und schlug wild mit den Armen um sich.

»Sieht nicht mal so aus, als ob du's überhaupt könntest«, murmelte Joel in sich hinein, aber dann schob er den Gedanken beiseite. Das schien ihm ungerecht Tony gegenüber. Tony fuhr ab und zu mit ihm ins Freibad, und dort tat er die gleichen Dinge wie alle anderen auch. Die meiste Zeit verbrachten sie damit, von der Rutsche ins flache Wasser zu sausen oder sich gegenseitig zu bespritzen.

Langsam tastete sich Joel tiefer ins Wasser und machte ein paar Hundepaddelzüge. Sein Gesicht mochte er nicht nach unten nehmen, wie er es sonst beim Schwimmen tat. Die künstliche blaue Farbe und der stechende Chlorgeruch waren ihm schon zuwider. Der Fluß roch nach verfaultem Fisch.

»Vielleicht sollten wir jeden Tag hierher kommen, zum Training. Nächstes Jahr gehören wir dann auch zum Schwimmteam der Schule«, sagte Tony.

Joel gab seine Schwimmversuche auf und stellte sich hin. »Wir werden todsicher erwischt, wenn wir hier jeden Tag schwimmen.«

»Wer soll uns denn sehen?« fragte Tony.

»Weiß nicht, irgend jemand. Braucht nur einer über die Brücke zu fahren.«

Joel schaute zur Brücke hoch, aber es waren keine Autos zu sehen.

Tony schüttelte den Kopf. »Ehrlich, Bates, manchmal redest du wie dein alter Herr.«

Joel fühlte sein Gesicht heiß werden. »Na und?«

»Sei vorsichtig auf dem Baum, mein Sohn«, ahmte Tony Joels Vater nach. »Du könntest dir weh tun. Paß auf Bobby auf, wenn er über die Straße geht. Die Autofahrer achten nie . . .«

Während Tony noch redete, war Joel nähergekommen und hatte ihm einen kräftigen Stoß versetzt. Tony hatte das längst erwartet und machte nicht einmal einen Schritt zum Ausweichen. Er konterte ebenfalls mit einem Stoß.

Joel fuchtelte mit den Armen, um das Gleichgewicht

nicht zu verlieren, und spürte den ganzen aufgestauten Ärger, der sich seit dem Morgen schon in ihm breitgemacht hatte. Welches Recht nahm sich Tony, seinen Vater so lächerlich zu machen?

»Immerhin läuft mein Vater nicht rum und prügelt Kinder mit dem Gürtel«, sagte er, während er noch näher an Tony herankam und die Fäuste ballte.

Um Tonys Mund breitete sich Blässe aus, und im selben Augenblick tat es Joel leid, daß er auf Tonys Vater herumgehackt hatte. Er war sich nicht sicher, ob Mr. Zabrinsky Tony tatsächlich je mit dem Gürtel geschlagen hatte. Einmal hatte er gesehen, wie Mr. Zabrinsky hinter Tony herlief, mit einer Hand seinen Gürtel langsam aus den Schlaufen zog und mit der anderen seine Hose festhielt. Eigentlich fand Joel das damals eher komisch ... wenn auch auf eine beängstigende Weise.

Tony holte zu einem weiten Schlag gegen Joels Kopf aus. Aber Joel konnte sich leicht wegducken. Tony war zwar größer und schwerer als er, dafür aber langsamer.

Wutschnaubend standen sie sich für einen Moment mit erhobenen Fäusten gegenüber. Dann drehte sich Tony weg und fing an, sich in Richtung Flußufer vorzuarbeiten.

»Wo willst du hin?« fragte Joel.

»Zu den Todesfelsen«, kam die Antwort. »Ich klettere die Steilwand hoch ... ich allein.«

Joels Herz sank in die Kniekehlen. Auf keinen Fall wollte er allein in die Stadt zurückfahren, und genauso wenig wollte er, daß Tony allein in den Felsen kletterte.

»He, Tony, was soll das?« flehte Joel. »Wir können doch hier bleiben. Macht doch Spaß.«

»Schwimmen im Lokus«, gab Tony zurück, ohne sich umzusehen.

Joel antwortete mit dem ersten Gedanken, der ihm durch den Kopf schoß: »Lokus ist nicht das schlechteste . . .« Und um Tony zu beweisen, daß er es auch so meinte, tauchte er kopfüber ins Wasser. Er tat ein paar Züge, und als er sich wieder aufrichtete, stand er direkt vor Tony.

Tony grummelte. Er sah immer noch ziemlich sauer aus. »Du sagst das nur, weil du Angst vorm Klettern hast.«

Wieder flackerte dieser Ärger auf.

»Wer hat hier Angst?« wollte Joel wissen. »Du bist doch der, der Angst hat. Wetten, du würdest nicht mal . . .« – er zögerte und suchte nach etwas, womit er Tony herausfordern konnte, etwas, das für ihn selbst keine große Sache war – ». . . du würdest nicht mal zur Sandbank schwimmen?« Er deutete auf eine schmale, dunkle Sandinsel, die sich in ungefähr dreißig Meter Entfernung aus dem Fluß erhob.

Tony kniff die Augen zu einem schmalen Spalt zusammen und starrte in die Richtung, in die Joel zeigte.

»Warum soll ich davor Angst haben?« meinte er verächtlich. »Ich wette, tiefer wird der Fluß bis dahin nicht.« Das Wasser teilte sich an Tonys Taille zu einem scharfen V.

»An vielen Stellen ist er tiefer als hier, das kannst du aber glauben«, sagte Joel. »Flüsse haben immer Untiefen. Deshalb sind sie ja so gefährlich.«

»Ich hätte nicht mal Angst, wenn er zehn Meter tief wäre.«

Joel kam näher. »Du schwimmst mit rüber?«

Tonys Kinn schnellte in die Höhe. »Na klar. Außer, du bist ein zu großer Angsthase.«

»Werden wir ja sehen, wer hier der Angsthase ist«, sagte Joel.

4

Joel stieß sich ab. Ein paar Schwimmzüge, ein paar Paddelzüge, dann nahm er doch sein Gesicht nach unten, um richtig schwimmen zu können. Allerdings hielt er die Augen unter Wasser geschlossen. Nach jeweils ein paar Zügen hob er den Kopf, schaute zur Sandbank hinüber und richtete sich wieder aus. Die Strömung drückte ihn flußabwärts, und wenn er nicht aufpaßte, würde er die Sandbank verfehlen.

Er konnte Tony hinter sich hören, wild um sich spritzend und keuchend und wasserspuckend und mit den Armen fuchtelnd. Er wunderte sich, warum ihm nie aufgefallen war, was für ein schlechter Schwimmer Tony war.

Einen Augenblick lang berührte Joel mit den Füßen den Grund, um Atem zu schöpfen, spähte zurück zum Flußufer, wischte das Wasser aus dem Gesicht und versuchte, nicht daran zu denken, wie dreckig es war. Prustend und aufgeregt stand Tony hinter ihm, und Joel sah ihm ins Gesicht.

»Wenn du nicht besser schwimmst als eben, klappt das nie mit dem Schwimmteam nächstes Jahr.«

Tonys Brustkorb hob und senkte sich. Er rang nach

Atem, als sei er mehrere Kilometer geschwommen. »Deswegen will ich ja jeden Tag trainieren. Mit dir. Ich werde besser. Wir werden beide besser.«

»Und wie wär's mit dem Training im Freibad?« fragte Joel. Wie oft, kam er sich jetzt wieder vernünftiger und irgendwie älter vor als Tony. »Dort ist es sauberer, und wir kriegen keinen Ärger, wenn wir dahin fahren.«

»Und warum nicht gleich mitten auf der Hauptstraße trainieren?« antwortete Tony. »Da kann uns dann gleich jeder sehen.« Er atmete immer noch heftig.

»Was macht das denn aus, ob man uns sehen kann oder nicht?«

»Mensch, bist du blöd! Willst du, daß Rundle und Schmitt merken, was wir machen? Wenn sie das sehen, werden sie auch versuchen, ins Schwimmteam zu kommen.«

»Dann laß sie doch. Wem macht das schon was aus?«

Joel verstand nicht, was hier gespielt wurde. Das sah Tony gar nicht ähnlich. Der war immer schnell jedermanns Freund. So sehr, daß Joel manchmal, ohne es zu wollen, ein bißchen eifersüchtig wurde, weil er Tony für sich allein haben wollte.

Vielleicht wußte Tony, daß er nicht besonders gut schwimmen konnte, und das war ihm peinlich. Wahrscheinlich hatte er nie Schwimmunterricht bei den Pfadfindern gehabt wie die meisten Kinder. Und das letzte, wozu Tony sich auf dieser Welt bereitgefunden hätte, wäre zuzugeben, daß es etwas gab, was er nicht konnte.

Joel erinnerte sich noch an die Geschichte, bei der Tony behauptet hatte, Fachmann im Drachenfliegen zu sein. Er war oben aus seinem Fenster gesprungen, ein

Bettlaken an Hand- und Fußgelenken befestigt. Hinterher hatte Tony gemeint, der Grund, weshalb es nicht geklappt hatte, sei der gewesen, daß er nicht aus genügender Höhe abgesprungen war. Der Arzt hatte gemeint, Tony könne von Glück reden, daß er mit einem gebrochenen Arm davongekommen war.

»Was ist?« stichelte Tony. »Du hast gesagt, bis zur Sandbank. Gibst du auf?«

»Bist du sicher, du packst das?«

Joel musterte fachmännisch den Brustkorb seines Freundes, der sich immer noch schwach senkte und hob. »Du siehst ziemlich geschafft aus.«

Tony versetzte ihm einen Stoß, der ihn fast das Gleichgewicht kostete.

»Schwimm«, befahl Tony, und Joel stürzte sich ins Wasser und schwamm. Tony startete neben ihm, fiel aber sofort zurück. Joel konnte ihn hören. Er schnaubte und keuchte wie ein Wal.

Gar nicht so übel, sagte Joel zu sich selbst, als er seinen Rhythmus gefunden und den Winkel herausbekommen hatte, der es ihm möglich machte, gegen die Strömung zu halten. Tony hatte vielleicht recht. Dieses Flußschwimmen war eine gute Übung. Jetzt, wo sein Vater sich dazu durchgerungen hatte, ihm ein bißchen Freiheit zu gewähren, weil er alt genug war ...

Er versuchte, sich auf die Seite zu legen. So konnte er besser sehen, wohin er schwamm, und abschätzen, wie weit es noch war. Ob Tony hinter ihm herkam, konnte er nicht sehen, aber das war auch nicht nötig, denn Tony hörte sich an wie ein Schaufelraddampfer.

Nur noch wenige Meter. Joel berührte sekundenlang

mit den Zehenspitzen den Grund, um nach vorne zu schauen. Das Wasser schäumte und strudelte um die Sandbank, als wäre es dort in größerer Eile als anderswo. Er nahm den Kopf nach unten und begann zu kraulen, während er flußaufwärts die Strömung schnitt. Jedesmal, wenn er den Kopf wendete, schnappte er nach Luft. Aber er war nicht wirklich am Ende seiner Kräfte. Ein bißchen nervös, na gut. Im Schwimmbad war immer der Rand in der Nähe, etwas, an dem man sich festhalten konnte. Trotzdem, er war ein ganz ordentlicher Schwimmer und konnte sich mit vielen messen. Es war durchaus *denkbar*, daß er bis zum Herbst ins Schwimmteam aufgenommen würde.

Auf die Idee, im Fluß zu trainieren, hätte er selbst kommen können. Nicht schlecht! Tony steckte voller guter Einfälle. Wenn sie beide an der Sandbank waren, wollte er sich entschuldigen, wollte Tony sagen, daß es ihm leid tat, was er von seinem Vater behauptet hatte. Und er wollte ihn auch dafür um Verzeihung bitten, daß er gemeint hatte, Tony hätte Angst, diese kurze Strecke zu schwimmen.

»Geschafft!« rief er, als seine Hand kurz vor der Sandbank über den Grund schrappte. Er stellte sich hin. »Und außerdem habe ich dich geschlagen!«

Es kam keine Antwort. Joel wandte sich um.

Hinter ihm zog der Fluß dahin, ruhig und glitzernd, rötlich-braun. Aber von Tony keine Spur. Als wäre er ganz allein hier im Fluß.

Ungeduldig kämpfte er sich zurück durch das Wasser, so, als würde er von einer Menschenmenge zurückgehalten.

»Tony!« schrie er. »Wo bist du?«

Ein schwaches Echo seiner eigenen Stimme, hoch wie das ausdruckslose Maunzen einer Katze, wurde von den Felsen zurückgeworfen, aber sonst kam keine Antwort. Joel versuchte weiter, gegen die Wasserwand anzugehen.

Vielleicht war Tony umgekehrt, versteckte sich womöglich irgendwo zwischen den Sträuchern an der Uferböschung, beobachtete ihn, wartete nur darauf, daß er ihm auf den Leim ging.

»Schon gut, Tony Zabrinsky. Ich kenne deine Tricks. Komm raus, wo du auch steckst!«

Kein Laut, nicht einmal ein Kichern aus den Büschen oder ein Rascheln.

»Tony, du Hundesohn, wehe, du bringst meine Sachen durcheinander . . .«

Aber er konnte seine Anziehsachen sehen. Sie lagen noch genauso geordnet, wie er sie zurückgelassen hatte. Sein rotes T-Shirt kennzeichnete die Stelle.

»Tony!«

Stoßweise bewegte er sich jetzt vorwärts, rang nach Luft, glaubte nicht, was er sah. Tony mußte sich versteckt haben. Er mußte dort am Ufer sein . . . sich still eins ins Fäustchen lachen . . . Eine andere Möglichkeit gab es doch nicht.

Auf einmal verlor Joel den Boden unter den Füßen. Wie durch ein schwarzes Loch im Weltraum stieß er in den Abgrund, und während er sich wieder zur Wasseroberfläche kämpfte, verstand er alles.

Tony konnte nicht schwimmen. Nicht richtig schwimmen . . .

Tony war untergegangen.

5

Noch ein paar Sekunden lang bahnte sich Joel einen Weg durch das Wasser, blickte über die trügerisch ruhige Oberfläche des Flusses. Da war nichts, nicht das leiseste Anzeichen für tückische Wassertiefen, nichts, was auf eine Gefahr hindeutete.

Wie groß mochte das Loch sein? Wo war Tony untergegangen? Ob er noch dort war, wo er versunken war? Oder hatte ihn die Strömung weggerissen? Wie lange konnte ein Mensch unter Wasser bleiben und noch leben?

Viele Fragen überfielen Joel, aber er wußte auf keine eine Antwort. Falls es Antworten überhaupt gab.

Aber er durfte nicht warten. Er tauchte und zog sich mit beiden Armen vorwärts, nach unten, hielt die Augen geöffnet, obwohl sie weh taten vom dreckigen Wasser. Weiter als ein paar Zentimeter konnte er nicht sehen. Deshalb fühlte er beim Schwimmen mit beiden Händen in alle Richtung, um einen Arm, ein Bein, etwas vom Haar zu fassen zu kriegen. Irgendwas! Er fand nichts.

Dann stieß er auf etwas Glitschiges, Fauliges auf dem Grund und schoß nach oben.

Er tauchte wieder unter Wasser, langte nach allen Seiten, guckte, fühlte, bis der Fluß in seinen Ohren dröhnte. Er schnellte nach oben, dem Licht entgegen und japste nach Luft.

Wahrscheinlich hatte die Strömung Tony flußabwärts gezogen. Joel ließ sich ein paar Meter weitertreiben und versuchte es wieder.

Nichts.

Als Joel zum vierten Mal tauchte und sich dabei von der

Strömung vom Ufer wegtragen ließ, befand er sich ganz im Sog des vorwärtsdrängenden Wassers. Es saugte an ihm, schleifte ihn über den schlammigen Grund des Flusses. Er quälte sich nach oben, indem er mit beiden Händen nach dem Wasser griff, als könne er sich auf diese Weise hochziehen. Da berührte seine Hand etwas Festes.

War das Tony, der direkt über ihm trieb? Er arbeitete sich bis zu dem Gegenstand, aber die Strömung drängte ihn ab. Dann drehte er sich, wirbelte herum, wurde abermals nach unten auf den Grund gezogen, während über ihm im trüben Wasser ein dunkler Gegenstand kreiste. Die Gestalt eines Jungen, Gesicht nach unten.

Tony war tot . . . tot! Und er, Joel, würde auch sterben. Er konnte nicht atmen, die Lungen waren ein einziger stechender Schmerz. Berstend, wie bei einer Explosion, brach die Luft aus seiner Brust, und dafür drang Wasser in ihn ein. Die Gestalt, die über ihm getrieben war, streifte seinen Arm, seine Seite. Sie war rauh, hart, kein menschlicher Körper. Es war ein Baumstamm. Joel suchte nach Halt, und mit dem Kopf durchstieß er die lichtdurchflutete Wasseroberfläche, gerade in dem Augenblick, als der übrige Körper vor Erschöpfung nachgeben wollte.

Minutenlang blieb er auf dem Wasser liegen, hustend und wasserspuckend. Ganz ohne eigenes Zutun wurde er vom wirbelnden Strudel zur langsameren, geradeaus fließenden Strömung nahe des Flußufers getrieben. Als der Grund des Flusses näherkam und seine Füße berührte, stellte er sich hin.

Der Himmel über ihm sah aus wie eine umgestülpte Porzellanschüssel. In der Nähe sang ein Vogel auf einem Baum.

Halt die Klappe, wollte Joel rufen, *halt du doch die Klappe*. Aber er tat es nicht. Er sagte überhaupt nichts. Statt dessen krümmte er sich vornüber und erbrach einen Schwall von Wasser. Merkwürdig, wie sauber das Flußwasser in kleinen Mengen aussah.

Joel konnte alles mit einer scharfen, schrecklichen Klarheit sehen: das Flußwasser, das er ausspuckte, die nackten Wurzeln eines Baumes, die aus dem Wasser ragten, der stetige Lauf des Flusses ... Wohin floß er?

Zum Illinois. Und der Illinois mündete in den Mississippi, oder?

In der Schule hatten sie die Flüsse durchgenommen, aber er hatte es sich nicht genau gemerkt.

Er schaute sich um. Noch immer unterbrach nichts die ruhige Wasseroberfläche, nichts schlich am Ufer entlang, keine versteckte Gestalt. Er schien die einzige lebende Menschenseele auf der ganzen Welt zu sein.

Wenn er Tony fand, wenn er ihn am Ufer fand – er würde ihn zu Brei schlagen. Nie wieder würde er ein Wort mit ihm reden, nie wieder etwas mit ihm zusammen machen. Das hier war ein gemeiner Trick, der gemeinste, den Tony sich bis jetzt ausgedacht hatte.

Ein Frösteln durchrieselte ihn, obwohl die Sonne strahlend und heiß war. Steif bewegte er sich zu der Stelle, wo er seine Sachen hingelegt hatte. Er würde sich anziehen und ...

Da stand er nun über seinen Kleiderhaufen gebeugt. Tonys Sachen lagen über den Boden verstreut, genau dort, wo er sie hatte fallenlassen. Tony konnte nicht aus dem Wasser gekommen sein. Nie würde er splitternackt herumrennen ... nicht mal zum Spaß! Joel drehte sich wieder zum Fluß und blinzelte in das Sonnenlicht, das auf der Wasseroberfläche glitzerte.

Ganz unmöglich. Es konnte nicht wahr sein. Alles war nur ein schrecklicher Traum, aus dem er jeden Augenblick erwachen würde.

In der Ferne rumpelte ein Auto über die Brücke.

»Warten!« schrie Joel und löste sich aus der Starre, in der er über Tonys Anziehsachen verharrt hatte.

»Halt! Hilfe!« Er rannte auf die Brücke zu und wedelte mit den Armen, aber das Auto war zu weit weg, als daß ihn jemand hätte hören können . . . oder sehen. Als wäre nichts geschehen, bewegte sich das Auto den Berg auf der anderen Seite der Brücke hinauf.

Joel blieb wie angewurzelt stehen, zitternd. Seine Zähne schlugen wild aufeinander. Dann rannte er zurück zu seinen Sachen, schnappte seine Jeans vom Haufen und ließ Unterhose und T-Shirt auf den Boden fallen. Seine Hände zitterten so heftig, daß er die Jeans kaum halten konnte, um hineinzusteigen. Der schwere Stoff klebte an der nassen Haut. Er versuchte, die Füße in die Turnschuhe zu zwängen, gab das aber auf und rannte in Richtung Landstraße. Er kämpfte noch damit, die Hose zuzukriegen. Bestimmt kam gleich wieder ein Auto.

Es mußte einfach eins kommen.

Beim Rennen achtete er nicht darauf, wohin er trat. Er stolperte, und als er sich wieder aufrappelte, sah er nach unten und merkte, daß seine große Zehe blutete. Aber es hätte auch die Zehe von einem Fremden sein können. Er spürte nichts.

Eine Distel unter dem linken Fuß ließ ihn nur noch schneller rennen . . . die Böschung hoch, mit stechenden

Lungen. Die Luft schien ihn jetzt genauso zurückhalten zu wollen wie vorher das Wasser.

Am Straßenrand krümmte er sich und erbrach ein zweites Mal. Dann stand er aufrecht. Er mußte Hilfe holen. Vielleicht konnte Tony noch gerettet werden, wenn er Hilfe bekam. Die Straße stieg auf beiden Seiten des Flusses an . . . verlassen . . . wie kahlgefegt. Kein einziges Auto, kein einziger Lastwagen in Sicht. Nur eine Krähe zog ihre Kreise am Himmel. Ein winziger schwarzer Punkt irgendwo.

Joel wandte sich in die Richtung, aus der sie gekommen waren, rannte ziellos in der Mitte der Landstraße bergauf. Dicht hinter sich spürte er den Fluß, dessen Gegenwart – ein schlummerndes Ungeheuer, zum Sprung bereit. Ein Ungeheuer, das Jungen verschlang.

Joel lief schneller, sein Herz hämmerte gegen die Rippen, seine nackten Füße klatschten auf den schwarzen Asphalt.

6

Joel war halb den Berg hinauf, als wieder ein Auto über der Bergkuppe auftauchte und auf ihn zukam. Es war ein großer, alter Schlitten, blau mit silbernen Kotflügeln, und eine rot-orangefarbene Flamme war auf die Motorhaube gemalt.

Joel stellte sich mitten auf die Fahrbahn und schwenkte wild die Arme. Das blaue Auto wich auf die andere Straßenseite aus, aber Joel stürzte sich ihm in den Weg, fest entschlossen, es nicht vorbeizulassen. Das Auto kam quietschend und ruckweise zum Stehen, wenige Zentimeter vor seinen ausgestreckten Armen.

»Was zum Teufel glaubst du eigentlich, was du da machst?« brüllte der Fahrer. Es war ein junger Mann, vermutlich achtzehn oder neunzehn, mit dichtem, schwarzen Haar und nackten, muskulösen Armen.

»Bitte«, keuchte Joel, aber mehr konnte er nicht herausbringen. Er stand über die Motorhaube gebeugt und versuchte, Atem zu schöpfen.

»Bitte«, wiederholte er.

»Der Junge scheint krank zu sein«, sagte ein blondes Mädchen. Sie saß so dicht neben dem Jungen, daß sie gemeinsam hätten lenken können. Beim Sprechen lehnte sie sich nach vorn und schielte durch die Windschutzscheibe auf Joel.

»Im Fluß«, brachte Joel heraus und deutete mit dem Finger. »Bitte, kommt!«

»Was ist im Fluß?« fragte der Junge jetzt höflicher. »Wovon redest du?«

Joel schüttelte den Kopf, unfähig, erneut zu sprechen. Sein Gesicht fühlte sich taub an.

»Du meinst, da ertrinkt jemand oder sowas?« Der Junge beugte sich vor und griff nach dem Lenkrad. Joel nickte stumm.

»Steig ein!« befahl der Fahrer, langte nach hinten und stieß für Joel die Wagentür auf.

Joel stolperte um das Auto herum, rutschte auf den Rücksitz und zog die Tür wieder zu. Das blonde Mädchen drehte sich um und starrte ihn an. Ihr Mund arbeitete systematisch an einem lila Kaugummi.

Sie sah verängstigt aus.

Mit quietschenden Reifen fuhr der Wagen an, brauste die Straße hinab und kam rutschend auf dem Kiesstreifen unmittelbar vor der Brücke zum Halten.

»Wo soll das sein?« wollte der Junge wissen, der bereits aus dem Auto heraus war und Joels Tür aufriß. »Ein Freund von dir?«

»Ja«, sagte Joel, der die Stimme mühsam wiederfand, als er aus dem Wagen kletterte. »Er heißt Tony.«

»Wo ist er reingegangen?«

»Ich zeig es dir«, sagte Joel und rannte stolpernd voraus zum Ufer des Flusses. Der größere Junge lief neben ihm her und neben dem Jungen das Mädchen. Ihre Arme schlenkerten ungelenk um ihren Körper.

Der Anblick des Flusses, ihre Ohnmacht und der Gestank nach toten Fischen ließen Joels Knie weich werden, als er wieder am Ufer stand.

Der Junge packte ihn bei den Armen und hielt ihn in die Höhe. »Hier?« fragte er und stellte Joel wieder auf die Füße.

»Da ist eine Stelle, wo es tiefer wird, da drüben.«

Joel zeigte auf den Punkt, von dem er glaubte, daß Tony dort untergegangen war.

Der Junge zog sein Hemd aus. »Wie ist er da bloß reingekommen?« fragte er.

»Wir sind zur Sandbank geschwommen, und als ich mich umgeguckt habe ... war er weg. Ich ... ich habe versucht, ihn zu finden. Ehrlich.«

Joel würgte, während er sprach, und seine Brust zuckte wie bei einem Schluchzen, aber er weinte nicht. Seine Augen waren vollkommen trocken. Und sein Inneres war zu tödlicher Ruhe erstarrt, obwohl er zitterte.

Der Junge hatte seine Schuhe und die Jeans von sich geschleudert. Er tat einen Schritt in den Fluß, hielt inne und warf einen argwöhnischen Blick auf das schmutzige Wasser.

»Seine Sachen?« fragte das Mädchen und kam mit Tonys blauem T-Shirt über dem Arm näher, so, als hätte sie Tony gerettet.

»Ja«, antwortete Joel und widerstand dem Verlangen, ihr zu sagen, sie solle gefälligst die Finger von Tonys Sachen lassen.

Der Junge stürzte ins Wasser, glitt unter der Oberfläche dahin, machte einen Buckel und tauchte tiefer hinunter.

»Sei vorsichtig, du«, rief das Mädchen zu der Stelle hinüber, wo ihr Freund verschwunden war.

Joel und das Mädchen standen Seite an Seite und warteten. Joel fragte sich für einen Moment, ob er nicht auch wieder ins Wasser gehen sollte, aber bei dem Gedanken an die Strömung, die ihn mitgerissen und runtergedrückt hatte, spürte er Bleiklumpen in seinen Beinen. Er war nicht fähig, sich auf den Fluß zuzubewegen.

Der Junge würde Tony finden. Joel war ganz sicher.

Als der Junge das erste Mal an die Oberfläche kam, rief Joel aufgeregt: »Tony!«

Aber die Hände des jungen Mannes waren leer, und Joel unterdrückte einen zweiten, verzweifelten Schrei.

»Die Strömung hat ihn wahrscheinlich abgetrieben«, rief Joel und zeigte auf die Brücke. Der Junge nickte und tauchte erneut nach unten, schwamm diesmal weiter hinaus und kam fünf Meter flußabwärts wieder nach oben.

Dort blieb er, drehte sich in alle Richtungen, tauchte

wieder und wieder, solange, bis er nach Luft schnappen mußte und taumelte. Er stellte sich auf. Seine Freundin lief am Ufer hin und her und ließ fortwährend ihren Kaugummi zerplatzen. »Sei vorsichtig. Sei vorsichtig«, sagte sie von Zeit zu Zeit, mehr zu sich selbst als zu ihrem Freund.

»Da wirst du nichts finden«, rief das Mädchen verzweifelt, als der Junge fast bis zur Flußmitte geschwommen war. »So weit kann er nicht getrieben sein!«

»Wenn aber doch?« beharrte Joel. Aber das Mädchen antwortete nicht. Sie sah aus, als fange sie gleich an zu heulen.

Joel stand am Ufer und rief Anweisungen und Ermunterungen. Doch schließlich, trotz Joels Vorschlag, es noch ein Stückchen weiter unten zu versuchen, kam der Junge ans Ufer gewatet. Den Kopf hielt er gesenkt, damit das Wasser, das aus den Haaren floß, ihm nicht in die Augen tropfen konnte.

»Du gibst doch nicht auf?« fragte Joel, gleichzeitig aber wußte er genau, daß der Junge längst aufgegeben hatte.

»Doch«, keuchte der Junge, hob sein Hemd auf und wischte sich damit über das Gesicht. »Ich höre auf.«

»Aber das geht nicht«, jammerte Joel. »Das kannst du nicht machen!«

Der Junge zuckte mit den Achseln. Er sprach zwischen tiefen, bebenden Atemzügen. »Sieh mal . . . weißt du . . . wie lange . . . es dauert, bis jemand . . . ertrinkt?«

Joel antwortete nicht. Darüber hatte er noch nicht nachgedacht. Er wollte es auch gar nicht wissen.

»Fünf Minuten ungefähr, würde ich sagen.«

Der Junge beugte sich vornüber und stützte die Hände

auf die Knie. »Fünf lächerliche Minuten!« Weiteres, tiefes Luftholen. »Vielleicht auch weniger.«

Joel drehte sich weg, ging ein paar Meter am Ufer entlang, aber die Stimme des Jungen folgte ihm.

Der Junge begann nun, wieder normaler zu atmen, und die Worte kamen zusammenhängender. »Und wie lange war das schon her, bevor du mich hier runtergeholt hast? Zehn Minuten? Fünfzehn?«

Joel konnte nichts erwidern.

»Weißt du denn«, fuhr der Junge fort, indem er sich langsam aufrichtete, »wie schwierig es überhaupt ist, irgend etwas in solch einem Fluß zu finden . . . wie schnell die Strömung jemanden mit sich zieht? Nächste Woche vielleicht wird an einem der Staudämme ein Körper angeschwemmt . . . oder nächsten Monat.«

»Wir suchen nach keinem Körper«, brach es aus Joel. Wütend drehte er sich um. »Wir suchen Tony!«

Der Junge benutzte sein Hemd, um das Wasser vom Oberkörper und von den Armen zu trocknen. Er schüttelte den Kopf.

»Tut mir leid, Junge«, sagte er.

Joel wurde ganz starr. Was sagte dieser Kerl da? Tut mir leid? Was tat ihm denn leid? Er kannte Tony doch gar nicht.

»Ihr leichtsinnigen Idioten«, knurrte der Junge, als er seine Jeans hochzog. »Ihr hättet von vornherein nicht im Fluß schwimmen dürfen. Das hättet ihr beide doch wissen müssen. Hat euch denn niemand gesagt, wie gefährlich Flüsse sind?« Er schob seine Füße in die Schuhe und wrang sein nasses Hemd aus. »Also«, sagte er, »zieh dich jetzt fertig an und komm mit.«

Jetzt war es Joel, der Probleme hatte, Luft zu bekommen. »Wohin fährst du?« fragte er.

»Zum nächsten Polizeirevier.«

Die Stimme des Jungen hörte sich streng an, ärgerlich, so, als mache er Joel für das verantwortlich, was geschehen war. »Wenn jemand ertrunken ist, muß man das der Polizei melden.«

Wenn jemand ertrunken ist. Die Worte hallten in Joels Schädel wider wie ein Schrei. Aber er wiederholte nur dumpf: »Polizei« und starrte auf seine Füße. Was würde die Polizei sagen? Was würden sie wissen wollen? Erstmal, was Joel und Tony im Fluß zu suchen gehabt hätten. Und dann würden sie wissen wollen, auf welche Weise es Joel angestellt hatte, seinen Freund loszuwerden ...

Vielleicht könnte er seinen Vater bei der Arbeit anrufen ... bevor er zur Polizei ging. Sein Vater war gut im Erklären von Dingen. Sein Vater würde ... was würde er tun?

»Du hast mir dein Ehrenwort gegeben, Joel.«

Das hatte er gesagt.

»Ihr seid auf dem ganzen Weg vorsichtig? Ihr fahrt nirgendwohin außer zum Park?«

Und nun hatte Joel bewiesen, was sein Ehrenwort wert war, was *er* wert war.

»Komm schon«, sagte der Junge, und obgleich seine Stimme immer noch schroff klang, schien sie nicht mehr unfreundlich. Er wußte Bescheid. Er konnte sich denken, was für Fragen die Polizei stellen würde, was sein Vater sagen würde. Und Joel spürte auch, daß er dem Jungen leid tat.

»Nein«, sagte Joel, schüttelte energisch den Kopf und zerrte an seinem Hemd. »Fahrt ihr weiter. Ich habe mein Rad hier. Ich werde es der Polizei melden. Hat keinen Sinn, wenn ihr da hineingezogen werdet.«

»Er hat recht«, sagte das Mädchen. Sie hielt das Kinn hoch und sprach mit Nachdruck, obwohl ihr die Tränen die Wangen runterliefen. »Das bringt nichts. Außerdem, wenn wir in die Stadt zurückfahren, dann bekomme ich vielleicht Schwierigkeiten. Ich habe mich heute bei der Arbeit krankgemeldet, weißt du doch. Weil ich mit dir mitfahren wollte.« Sie drückte ihren ausgestreckten Zeigefinger mitten auf die Brust des Jungen.

»Aber es muß der Polizei gemeldet werden«, sagte der Junge hartnäckig. »Und die Eltern des Jungen müssen auch benachrichtigt werden.«

Zuerst dachte Joel, der Junge spräche von seinen Eltern, davon, daß sein Vater und seine Mutter zu benachrichtigen wären. Aber dann begriff er, daß der Junge die Zabrinskys meinte. Joel hatte bis jetzt noch gar nicht an Tonys Eltern gedacht. Einen Moment lang stellte er sich vor, wie er an der Haustür von Zabrinskys klingelte und wie Mrs. Zabrinsky mit müdem Gesicht und den ewig traurigen Augen zur Tür kam. Als sich die Tür öffnete, war es aber Mr. Zabrinsky, der dort stand, mit einem dikken Ledergürtel in der Hand.

Joel spürte, wie ihm kalter Schweiß ausbrach. Selbst wenn die Polizei ihn nicht erwischte . . . Tonys Vater erwischte ihn mit Sicherheit.

»Ich fahre zur Polizei«, sagte er. »Ich verspreche es.«

7

Joel stemmte sich gegen die Lenkstange seines Fahrrads, schob es, so schnell er nur konnte. Fast rannte er den Berg rauf. Sein Herz trommelte in den Ohren. Der Junge und seine Freundin saßen noch immer im Auto. Wahrscheinlich stritten sie sich, ob sie nun zur Polizei fahren sollten oder nicht. Ihre Anwesenheit in seinem Rücken war Joel unangenehm, die Haut zwischen seinen Schulterblättern spannte sich bis zum Nacken hinauf.

Als das Auto endlich losfuhr, über die Brücke rumpelte und den gegenüberliegenden Berg hinauf, hörte Joel auf zu schieben und ließ sich keuchend über den Lenker fallen. Wenige Augenblicke ließ er verstreichen. Dann schaute er zurück. Das Auto war verschwunden. Hitze waberte über die verlassene Straße.

Wieder schob er, jetzt etwas langsamer. Als er Dreiviertel der Strecke nach oben geschafft hatte, kam ein kleines rotes Auto den Berg herauf. Joel richtete sich auf und versuchte krampfhaft, seinem Gesichtsausdruck so etwas wie Unbekümmertheit zu geben. Trotzdem mußte er sich wegdrehen, als das Auto an ihm vorbeifuhr. Wenn die Leute im Auto sein Gesicht genauer betrachtet hätten, hätten sie alles gewußt.

Seine Mutter hatte ihm oft gesagt, daß er auch nicht die kleinste Schwindelei verbergen könne.

Als er noch klein war und mit einem gemopsten Keks an ihr vorbei wollte, genügte ein kurzer Blick von ihr, und sie sagte: »Joel, was hast du denn da in deiner Tasche?«

Und nun würden ihn alle anschauen und sagen: »Joel,

warum habt ihr im Fluß gebadet? Joel, was hast du mit deinem besten Freund angestellt?«

Und was für Fragen würde die Polizei stellen? Wovon würden sie stillschweigend ausgehen, ohne überhaupt zu fragen? Joel blieb plötzlich stehen. Sein Herz klopfte wie wild. Er konnte nicht zurückfahren. Er konnte einfach nicht!

Er warf sein Fahrrad herum, bergabwärts, weg von der Stadt, weg von der Polizei, den Zabrinskys, seinen Eltern. Er stieg auf, stand mit dem ganzen Gewicht seines Körpers auf einem Pedal, so daß das Hinterrad blockierte, als er anfuhr. Diesmal würde seine Geschwindigkeit ausreichen, um es ganz bis auf den gegenüberliegenden Hügel hinauf zu schaffen, ohne ein einziges Mal absteigen und schieben zu müssen.

Sein Vater hatte ihm erlaubt, mit dem Fahrrad zu den Todesfelsen im Nationalpark zu fahren. Also fuhr er jetzt dorthin.

In seinen Oberschenkeln brannte es wie Feuer. Er trat regelmäßig, blickte nicht nach rechts oder links. Gedanken rasten ihm durch den Kopf. Der Wald am Park war dicht. Sein Rad ließe sich dort leicht verstecken . . . und er selbst auch. Vielleicht fand er sogar eine Höhle im Felsen, wo er bleiben könnte. Er könnte von Beeren und Wurzeln leben wie früher die Indianer. Die hatten sich oben auf den Todesfelsen verborgen gehalten, um einem feindlichen Stamm zu entkommen. Für ihn kam das nicht in Frage. Oben auf den Felsen waren jetzt Fußwege und Zäune . . . und Touristen. Wie auch immer, ein feindlicher Stamm hatte die Indianer in einen Hinterhalt gelockt, sie ausgehungert. Daher hatten die Felsen ihren Namen.

Ein Sattelschlepper donnerte vorüber. Der Sog der riesigen Räder zerrte an Joel und seinem Fahrrad. Er bräuchte nur die Lenkstange loszulassen, mehr nicht. Den Rest würde der Laster besorgen.

Joel hörte auf zu treten, lenkte auf den Seitenstreifen und ließ sich vom Rad fallen. Was tat er eigentlich? Glaubte er im Ernst, er könnte sich verstecken? Und angenommen, er fände ein Versteck. Wie lange wollte er da bleiben? Bis er erwachsen war . . . oder gestorben? Es war doch nicht seine Schuld. Nur weil er die Anordnung seines Vaters nicht befolgt hatte – deswegen hatte er doch noch nicht Schuld daran, was mit Tony passiert war.

Sein Vater war doch derjenige, der gesagt hatte, sie könnten zum Park fahren. Joel hatte doch gar nicht gewollt.

Und Tony, dieser verrückte Tony, der darauf bestanden hatte, im Fluß zu schwimmen, obwohl er dafür nicht gut genug schwimmen konnte.

Joel atmete tief aus. Irgendwie fühlte er sich erleichtert. Er schaute nach beiden Seiten, schob sein Fahrrad über die Straße und fuhr dann in die Richtung, aus der er gekommen war. Er fuhr nach Hause. Dorthin gehörte er . . . egal, was geschehen war. Er begann zu treten, im höchsten Gang, so daß die geringste Bewegung ihn schnell vorwärtstrieb.

Nach Hause, sangen die schmalen Reifen auf dem Asphalt. *Nach Hause.*

Eine Sache mußte er gut überlegen. Er mußte sich zurechtlegen, was er seinen Eltern – und den Zabrinskys – sagen wollte, wenn sie nach Tony fragten.

Er könnte sagen . . . er könnte sagen, daß er und Tony

zu den Todesfelsen gefahren seien. Er könnte sagen, daß Tony angehalten hatte, als sie über die Brücke fuhren. Weil es so heiß war. Da war der Fluß . . . kühl und naß. Tony wollte baden.

Das war die Wahrheit, nicht?

Und dann könnte er erzählen, wie er versucht hatte, Tony davon abzubringen, in den Fluß zu gehen. Er könnte erklären, daß Tony nicht auf ihn gehört hatte, denn Tony hörte nie auf jemanden, wenn er sich was in den Kopf gesetzt hatte. Und dann würde Joel seinen Vater an das Versprechen erinnern, das er ihm heute morgen gegeben hatte. Er würde sagen, daß er Tony klargemacht hätte, daß er, Joel, nicht mit runter zum Fluß gehen könne.

Er würde sagen, daß er allein weitergefahren sei zu den Todesfelsen. Weil es aber heiß war und weil es ihm ohne Tony keinen großen Spaß gemacht hatte, so weit zu fahren, sei er umgekehrt und zurückgekommen.

Die Erklärung erschien in Joels Kopf vollkommen logisch und vollständig. Warum war er nicht eher darauf gekommen? Warum lief er weg? Er löste die verkrampften Finger von den Lenkergriffen, einen nach dem anderen, und fuhr weiter. Nach Hause.

Als er aber auf der Bergkuppe ankam und auf den Vermillion hinabsah, hielt er an, starrte auf die Straße, die Brücke, den Saum von Bäumen und Sträuchern, der das Wasser aus dieser Perspektive nahezu verdeckte. Wenn es nur andere Wege nach Hause gäbe. Aber er kannte keinen anderen Weg in die Stadt. Außerdem war das Brennen aus den Oberschenkeln in die Waden gezogen, die Schultern hatten sich verkrampft, und jede andere Strecke wäre ganz bestimmt länger als die hier.

Joel zog die Handbremse an, und das Fahrrad rollte langsam den steilen Berg hinunter, auf die Brücke zu. Die Bremsbacken quietschten leicht gegen die Felgen.

Tony hatte darauf bestanden zu baden. Das würde er jedem sagen. Aber auch wenn er weiter zu den Todesfelsen gefahren wäre, während Tony runter zum Wasser gegangen war, hätte er auf dem Rückweg angehalten, um nach Tony zu sehen . . . weil er ja nicht wußte . . .

Joel erreichte die Brücke, hielt sein Fahrrad noch immer fest unter Kontrolle und fuhr langsam darüber, die Augen unablässig auf die Straße gerichtet. Aber dann zögerte er doch, hielt an, rollte sein Rad die Böschung hinab und lehnte es an den Brückenpfeiler. Er schaute nur nochmal nach . . . damit die Leute ihm beim Erklären nicht am Gesicht ablesen konnten, daß er noch nicht einmal nachgesehen hatte.

Tonys BMX lag noch da, sorgfältig verborgen im hohen Gras.

Joel ging langsam zum Flußufer. Er versuchte, seine Gedanken zu ordnen. Die ganze Sache *könnte* so passiert sein, wie er sie sich zurechtgelegt hatte. Es ergab alles einen Sinn.

In einem Baum in der Nähe zeterte ein Eichhörnchen. Der Fluß machte ein gurgelndes Geräusch, fast so, als lache er.

Da lagen Tonys Sachen, wahllos auf dem Boden verstreut, immer noch dort, wo Tony sie hatte fallenlassen. Nur das T-Shirt. Das T-Shirt hatte das Mädchen woanders hingelegt. Eine Socke hing an einem Busch in der Nähe. Die andere lag mitten in einem Polster von Veilchen.

Seufzend über Tonys sorglose Nachlässigkeit sammelte Joel die Kleidungsstücke ein, faltete sie zusammen und legte sie sorgfältig auf einen Haufen. Als letztes faltete er das hellblaue T-Shirt zusammen und legte es obendrauf. Dann betrachtete er das Ergebnis seiner Arbeit.

Irgend etwas war falsch. Nie im Leben hätte Tony seine Sachen zusammengelegt, jedenfalls nicht, solange ihn seine Mutter nicht dazu zwang. Joel bückte sich und brachte alles wieder durcheinander.

Als er sich aufrichtete, nahm die schimmernde Wasserfläche seinen Blick gefangen. Der Fluß sah unverändert aus, harmlos und unschuldig.

Einen Augenblick lang vermochte Joel nicht zu atmen. Sein Hals hatte sich zusammengeschnürt und hielt die Luft wie einen schmerzenden Kloß gefangen. Verzweifelt und flehend hob er die Hände; aber als der Atem wieder aus ihm herausbrach, brachte er nur ein weinerliches Stöhnen zustande.

Joel stand taumelnd am Ufer, krampfte sich zusammen.

Tony war tot . . . tot.

8

»Joel!« Nach dem Türenschlagen war die ärgerliche Stimme zu hören. »Joel, wo bist du?«

Joel lag auf seinem Bett und starrte den vergilbten Lampenschirm an. Sein Schatten zog sich wie eine Riesenspinne quer über die Zimmerdecke und kletterte an der Wand wieder herunter. Als er sich auf das Bett gelegt hatte, war der Schatten noch ein kleiner Fleck neben der Lampe gewesen.

»Joel, bist du da oben?« Wieder kam die Stimme seines Vaters. Er schüttelte langsam den Kopf.

Nein, er war nicht hier oben. Er war nirgendwo. Hatte Mrs. Zabrinsky das seinem Vater nicht gesagt? Den ganzen Nachmittag über hatte das Telefon in regelmäßigen Abständen geklingelt. Dann die Türglocke.

Erst hatte Bobby gerufen, der offensichtlich von Mrs. Zabrinsky über die Straße geschickt worden war, dann Mrs. Zabrinsky selbst.

»Joel! Tony!«

Aber der Haustürschlüssel war in Joels Tasche, und keiner konnte rein ... außer seinen Eltern, wenn sie nach Hause kamen. Sie hatten eigene Schlüssel. Joel hatte den langen Nachmittag dagelegen und darauf gewartet, daß einer von beiden nach Hause käme. Allerdings hatte er gedacht, daß seine Mutter als erste heimkommen würde. Gewöhnlich war sie die erste, denn sie fing morgens früher an zu arbeiten.

Die Zeitungen für seine Austragetour waren schon vor zwei Stunden auf die Vorderveranda geworfen worden. Er hatte gehört, wie das Bündel auf den Beton klatschte, aber er fühlte sich außerstande, vom Bett aufzustehen und sich darum zu kümmern.

Ich könnte ja schon auf meiner Tour unterwegs sein, wenn sie nach Hause kommen, hatte er gedacht, aber sich immer noch nicht gerührt.

»Joel!«

Die Tür zu seinem Zimmer sprang mit einem Knall auf, und als sei er mit ihr durch eine Feder verbunden, schnellte er vom Bett hoch. Mit der plötzlichen Bewegung schoß das Blut aus seinem Kopf, und er stolperte benommen in die Mitte des Zimmers.

»Bist du also *doch* hier. Mrs. Zabrinsky hat sich sowas gedacht.«

Joel sagte nichts. Er starrte gebannt auf einen Fleck auf dem Boden vor den Füßen seines Vaters.

»Was ist denn los mit euch, schließt euch den ganzen Tag im Haus ein? Was denkt ihr euch dabei?«

Joels Blick wanderte zur Gürtelschnalle seines Vaters.

Sein Vater sah sich nun im Zimmer um.

»Wo ist Tony?« fragte er. »Mrs. Zabrinsky hat gesagt, ihr hättet beide den ganzen Nachmittag im verschlossenen Haus zugebracht.«

»Tony ist nicht hier«, sagte Joel.

»Wo ist er denn?«

Joel zuckte leicht mit den Schultern.

Sein Vater fuhr sich verärgert mit den Fingern durch das Haar.

»Was ist los, Joel? Das paßt doch gar nicht zu dir ... Schleichst dich ins Haus und sagst Tonys Mutter überhaupt nichts.« Er machte einen Schritt auf Joel zu, aber Joel wich nicht zurück.

Er blickte seinem Vater ins Gesicht und wartete auf den Schlag, der unweigerlich folgen würde ... mußte. Bisher hatte ihn sein Vater nie geschlagen, jetzt aber würde er es tun.

»Ich glaube, ich bin eingeschlafen«, sagte Joel. »Ich habe absolut nichts gehört.« Er sprach aus dieser unheimlichen Ruhe heraus, die er während des langen Nachmittags häufig gespürt hatte.

»Außerdem«, fügte er hinzu, »ist es mein Haus. Ich kann doch kommen, wann ich Lust habe.«

Jetzt! Jetzt würde sein Vater ihn schlagen.

Joels Vater hörte auf, an seinen Haaren zu zupfen, und ließ die Hand sinken. »Natürlich ist es auch dein Haus«, sagte er leise, »aber du kannst dich doch nicht hier einschließen, wenn Mrs. Zabrinsky sich um dich kümmern soll. Wenn Bobby nicht zufällig gesehen hätte, wie du zur Tür reingegangen bist, hätte sie nicht einmal gewußt, daß du hier bist.«

»Schnüffler«, sagte Joel.

»Wie bitte?« fragte sein Vater und sah wieder ärgerlich aus.

»Ach, nichts.«

»Also gut, wo ist nun Tony? Das wird seine Mutter sicher interessieren.«

Im Fluß, dachte Joel, aber laut sagte er: »Auf dem Weg zu den Todesfelsen.«

Sein Vater legte den Kopf auf die Seite. Er sah ihn zweifelnd an. »Allein?« fragte er.

»Ich bin umgekehrt«, sagte Joel. »Die Todesfelsen waren zu weit, deshalb bin ich umgekehrt.«

War das richtig? War es das, was er sich vorgenommen hatte zu sagen? Er war sich nicht sicher.

Bobby erschien im Türrahmen. Seine Fäuste hatte er auf die Hüften gestemmt und ahmte so die bevorzugte Haltung ihrer Mutter nach, wenn sie auf einen von ihnen böse war.

»Ihr sollt nicht im Haus sein, wenn Mama und Papa weg sind«, sagte Bobby mit seiner schönsten Gleich-wirst-du-was-erleben-Stimme.

»Na und?« bellte Joel zurück, und Bobby, augenblicklich eingeschüchtert, zog den Kopf ein und steckte den Daumen in den Mund.

Joels Vater betrachtete eingehend sein Gesicht. »Du willst mir erzählen«, sagte er, »daß Tony den ganzen Weg zu den Todesfelsen allein gefahren ist?«

»Nehme ich an«, sagte Joel.

»Er hat mich angeschwindelt, weißt du ... daß seine Mutter ihm erlaubt hätte zu fahren. Das habe ich auch von Mrs. Zabrinsky erfahren.«

Joel konnte den Blick seines Vaters wie einen brennenden Schmerz spüren. Er hielt den Atem an, wartete auf den Augenblick, wo alles heraus war ... aber sein Vater schüttelte nur den Kopf und sah weg. Er murmelte: »Am Ende bin ich noch verantwortlich ...«

Du bist verantwortlich, wollte Joel sagen. Aber statt dessen fragte er mit möglichst teilnahmsloser Stimme: »Soll ich versuchen, ob ich ihn finden kann?«

»Nein, natürlich nicht.« Sein Vater seufzte. »Das ist viel zu weit, um mit dem Fahrrad zurückzufahren. Und außerdem mußt du mit der Zeitungstour anfangen.« Er drehte sich um und ging aus dem Zimmer. Über die Schulter sagte er: »Ich rufe bei den Zabrinskys an und sage ihnen, daß Tony wahrscheinlich später kommt.«

Sehr viel später, dachte Joel und spürte einen seltsamen Drang zu lachen.

Tony ist tot! Weißt du das denn nicht? wollte er schreien. Aber sein Vater hatte offensichtlich keine Ahnung, hatte von gar nichts eine Ahnung. Wütend trat er gegen den Bettpfosten.

»Scheißzeitungen!«

Bobbys Augen wurden ganz rund, aber sein Vater, der Joels Ausbruch noch gehört haben mußte, drehte sich nicht wieder um.

»Kann ich bei der Tour helfen, Joel?« fragte Bobby.

Bobby wollte immer bei der Tour helfen, bei Joels Pfadfinder-Projekten, bei allem, was Joel tat. Manchmal half ihm Bobby sogar beim Abwaschen, wenn nur Joel damit dran war. Bescheuertes Kleinkind.

Normalerweise erlaubte Joel Bobby nie, mitzukommen. Tony war oft mitgefahren, aber der hatte ein eigenes Rad. Bobby zusammen mit der Zeitungsladung auf dem Fahrrad zu balancieren ... das wäre ein ziemliches Kunststück.

Außerdem, Tony half wirklich, lief nicht einfach nur hinterher, stellte Fragen und stand im Weg rum.

Tony! Ob die Zabrinskys ihn jemals finden würden? Der junge Mann hatte irgend was von Anspülen bei einem der Staudämme gesagt ... nächste Woche, nächsten Monat. Vielleicht.

Warum hatte Joel seinem Vater nichts davon gesagt, daß Tony zum Baden runter an den Fluß gegangen war, während er, Joel, weitergefahren war zu den Todesfelsen? Dann könnte sein Vater den Zabrinskys Bescheid sagen, und die Zabrinskys wüßten, wo zu suchen war. Irgendwie war nichts richtig aus ihm herausgekommen.

»Kann ich, Joel? Bitte!« fing Bobby wieder an, und als Joel auf seinen kleinen Bruder hinabsah, den Eifer in Bobbys nach oben gerichtetem Gesicht bemerkte, da schnürte es ihm die Kehle zu, und er mußte sich wegdrehen.

»Ja«, brachte er krächzend heraus, »glaube schon, daß du mir heute helfen kannst.«

»Wuuuiii!« schrie Bobby und klatschte in seine kleinen Patschhände, jagte aus dem Zimmer und die Treppe hinab.

Joel straffte die Schultern und holte tief Luft. Dann hielt er inne, atmete wieder, schnupperte. Was war das für ein Geruch in der Luft? Fast wie . . . fast wie toter Fisch. Joel roch an seinem Arm, an seinem T-Shirt. Daher kam das also . . . von ihm.

Joel zog den Ausschnitt vom T-Shirt zur Nase herauf und sog die Luft ein. Keine Frage. Der Gestank des Flusses war ihm nach Hause gefolgt . . . und sein Vater hatte auch das nicht bemerkt.

Joel zog das T-Shirt aus, holte ein Hemd aus der Schublade. Das neue Hemd war frisch – es roch nach dem Weichspüler seiner Mutter –, aber der leichte Parfümduft konnte den Gestank des Flusses, der an seiner Haut haftete, nicht überdecken.

Zögernd ging Joel die Treppe hinunter. Vielleicht wußte niemand, wie ein Fluß roch.

Bobby hielt gerade seiner Mutter die Fliegengittertür auf. Die Mutter sah ein bißchen müde und erschöpft aus, setzte die Tüte mit den Lebensmitteln, die sie im Arm trug, ab und kam zum Treppenaufgang. Dort stand sie, die Hände in die Hüften gestützt, genauso wie Bobby dagestanden hatte, als er sie vorhin nachgemacht hatte.

»Was um alles in der Welt war heute mit euch beiden los, Joel? Mrs. Zabrinsky sagt, du und Tony habt euch den ganzen Tag im Haus versteckt.«

Joel schloß die Augen. Alles fing wieder von vorne an. Das war eben das Problem, wenn man zwei Eltern hatte. Nichts hörte man nur einmal. Er holte tief Luft, und mit gespielter Gelassenheit ging er weiter die Treppe hinunter. Gegen den Geruch konnte er nichts machen.

»Tony war nicht hier«, sagte er. »Und ich habe mich nicht versteckt. Ich habe mich hingelegt.«

»Hingelegt?« Joels Mutter befühlte seine Stirn. »Was ist los? Bist du krank?«

»Nein«, antwortete Joel und überließ sich der kühlen Hand, die seinen Kopf betastete, »mir war für eine Weile einfach nicht gut.«

»Was habt ihr beide heute gemacht?« fragte seine Mutter. Ihre andere Hand umkreiste seinen Hinterkopf, als könne sie mit beiden Händen die Temperatur besser erfühlen. Sie sah ihm ins Gesicht.

»Nur radgefahren.«

Der Modergeruch des Flusses war so penetrant, daß seine Augen brannten. Sie mußte es riechen. Es konnte ihr einfach nicht entgehen.

»Wie weit seid ihr gefahren?«

Joel befreite sich, duckte sich weg, und ein paar Meter entfernt kam er wieder hoch, kehrte seiner Mutter den Rücken zu.

»Nicht sehr weit. Tony ist zu den Todesfelsen rausgefahren . . . Papa hat gesagt, wir dürfen . . . aber mir war nicht gut, das habe ich ja schon gesagt, da bin ich umgekehrt.«

Schwer zu sagen, was sie hinter ihm machte, und umdrehen wollte er sich nicht.

»Zu den Todesfelsen«, wiederholte sie. »Aber das ist doch weit!«

»Papa hat es erlaubt«, sagte Joel. Und dann fügte er hinzu: »Er hat gesagt, ich darf.«

»Na schön«, – ein leiser Seufzer – »du machst dich jetzt besser an die Arbeit mit den Zeitungen, bevor die Leute wieder anfangen, hier anzurufen. Dauernd beschweren sie sich, daß sie ihre Zeitungen zu spät kriegen.«

Joel spürte die Kraft aus seinem Körper schwinden. Seine Mutter hatte nichts vom Fluß gerochen. Sie hatte nicht den leisesten Schimmer, daß er log. Erleichterung wirbelte durch seinen Kopf, seltsam gemischt mit Wut. Begriff hier denn niemand auch nur das kleinste bißchen?

Er stieß die Haustür auf und ließ sie laut hinter sich zuschlagen.

9

Bobby hockte auf der Veranda über dem Zeitungsstapel und zerrte am Bindfaden, der ihn zusammenhielt. Seine kleinen, schmutzigen Finger kamen mit den Knoten nur langsam voran.

»Sowas schneidet man auseinander, Doofmann«, sagte Joel und zog sein Taschenmesser raus. »So.« Er schnitt den Bindfaden um die Zeitungen durch und ebenso den vom Beilagenstapel daneben. Seine Hände bewegten sich mit ärgerlicher Ungeduld.

Bobby beobachtete ihn mit vorgeschobener Unterlippe. »Du weißt genau, daß ich nicht mit dem Messer umgehen darf.«

»*Kann*«, korrigierte ihn Joel schroff und sah ihn dabei nicht an. »Du *kannst* nicht mit dem Messer umgehen.«

Bobby schnappte sich ein Anzeigenblatt und stopfte es in eine Zeitung, wobei beides zerknitterte.

»Langsam, langsam«, herrschte ihn Joel an und klopfte ihm mit dem Messergriff auf den Kopf. »Du bringst hier alles total durcheinander.«

Bobby verzog sein Gesicht und fing an zu weinen. »Das tut weh!« Er rieb seinen Kopf.

»Alles tut weh!« murmelte Joel, aber da war der Zorn schon der Scham gewichen. Was wollte er denn an Bobby auslassen? Der arme kleine Kerl versuchte nur, ihm zu helfen. Joel begann, die Prospekte einzeln vom Stapel zu ziehen, steckte sie an die entsprechende Stelle in die gefaltete Zeitung und rollte sie zusammen, zum Werfen bereit. *Alles tut weh,* wiederholte er zu sich selbst, *außer vielleicht tot sein. Tot sein ist wahrscheinlich das einzige, was leicht ist.*

Beim Gedanken daran wurde seine Haut ganz kalt und brannte.

»Was hast du, Joel?« fragte Bobby. »Warum siehst du so komisch aus?«

Bobby, der seinen eigenen Schmerz schon vergessen hatte, schaute ihn aus riesengroßen grünen Augen an.

»Nichts«, sagte Joel, aber das Wort klang gequält. »Wenn du helfen willst, dann fang an und schieb die Zeitungen in die Beutel.«

Bobby begann die Zeitungen einzustecken und beobachtete Joel aus den Augenwinkeln.

»Paß auf, was du machst«, schnauzte Joel ihn an, und hüllte sich in seinen Zorn wie in eine zweite Haut. »Wir müssen hier endlich mal in die Gänge kommen.«

Bobby nickte heftig und bemühte sich, die gerollten

Zeitungen genauso schnell in die Beutel zu schieben, wie Joel sie fertigmachte.

Joel stopfte und rollte, und die Wut überkam ihn aufs neue. Aber diesmal wußte er, wem sie galt. Alles war Tonys Schuld. Alles! Tony hatte gewußt, was für ein schlechter Schwimmer er war. Er hätte sich die Gefahren klarmachen müssen. Und jetzt war er einfach verschwunden und überließ es Joel, für ihn zu antworten. Und was sollte er sagen? Wenn er von seiner Tour nach Hause kam, würden Tonys Eltern vermutlich Fragen stellen. *Tony ist noch nicht zu Hause, Joel. Wo kann er sein? Du bist der letzte, der ihn gesehen hat . . . lebend gesehen hat.*

»Verflucht nochmal!« schrie Joel und stieß den Rest des Zeitungsstapels von der Terrasse. »Ich habe die Schnauze voll von dieser widerlichen Zeitungsausteilerei.«

Bobby ließ sich auf den Hintern plumpsen, und seine Augen wurden vor Schreck immer größer. Erst schaute er den Zeitungen hinterher und dann zu Joel hinauf.

»Du hast drei von Mamas lila Dingern kaputtgemacht«, sagte er.

Joel guckte nun auch. Die Zeitungen lagen mitten im Petunienbeet, das seine Mutter so liebte.

»Soll ich die Zeitungen wieder holen?« fragte Bobby. »Wenn wir sie ausschütteln, sind sie noch okay, glaub ich.«

»Na gut«, willigte Joel ein. »Hol sie wieder.«

Bobby kletterte die Stufen runter und dann wieder rauf. Er wandte seinen Blick nicht von den Zeitungen, die er trug, und legte sie so ehrfürchtig und behutsam nieder, als handele es sich um Juwelen.

Joel schüttelte den Kopf, versuchte, den roten Nebel, der von seinem Gehirn Besitz ergriffen hatte, zu vertreiben. Wenn er jetzt Tony zu fassen kriegte, dann würde er . . . Aber das war doch lächerlich. Was würde er dann tun? Tony zusammenschlagen?

Bei diesem Gedanken ließ er ein würgendes Aufheulen heraus, halb Lachen, halb Schluchzen. Bobby betrachtete ihn wieder mit argwöhnischem Blick, die Unterlippe zwischen seine kleinen, weißen Zähne geklemmt.

»Geht es dir nicht gut, Joel?« fragte er.

»Doch«, sagte Joel. »Es geht mir gut.« Er ging zu den Zeitungen zurück, um sie zusammenzupacken. »Ich lebe ja noch, oder etwa nicht?«

Die Zeitungstour schien endlos. Bobby saß hinter Joel auf dem Fahrradsitz und plapperte ohne Pause. Joel versuchte zuzuhören, wenn auch nur mit halbem Ohr, aber das gelang ihm nicht. Mit jedem Aufplatschen einer Zeitung auf einer Veranda hörte er Tonys herausfordernde, neckende Stimme: »Wetten, daß du Mrs. McCulloghs Hängegeranien nicht triffst? Wetten, daß du Smiths Katze nicht umhaust? Warum machst du nicht . . .?«

Joel wollte Tony entgegenbrüllen, er solle seine Klappe halten, aber Bobby würde dann endgültig denken, daß er übergeschnappt sei, wenn er noch damit anfing, nicht hörbaren Stimmen zu antworten.

Warum fühlte er sich *schuldig*, so, als hätte er Tony hineingestoßen? Warum mußte er sich dauernd für *alles*, was passierte, schuldig fühlen? Wenn sie zum Klettern in die Felsen gefahren wären, und er, Joel, wäre abgestürzt: Tony hätte sich nicht die Schuld gegeben. Oder?

Tony hatte mal gesagt, Joel sei wie eine alte Großmutter, die sich dauernd grämt. Na, da sollte ihn Tony jetzt sehen. Bestimmt würde er lachen.

Beim Gedanken an Tonys Lachen mußte Joel beinahe grinsen. Er und Tony hatten immer viel Spaß zusammen gehabt. Außer dem Baumhaus, das sie in diesem Sommer dabei waren zu bauen, hatten sie eine Menge anderer Sachen vor. Wie immer.

Sie hatten zum Beispiel bereits ihr Taschengeld zusammengelegt, um sich eine Wurmfarm zu kaufen und reich zu werden, indem sie Köder verkauften. Tony hatte sogar vorgehabt, den Fleischwolf von seiner Mutter zu benutzen, um die Würmer, die am Ende des Sommers übrigblieben, durchzudrehen und als Goldfischfutter zu verhökern. (Das nur deshalb, weil Joels Vater sie darauf hingewiesen hatte, keine Familie würde Wert darauf legen, daß sich die Würmer in ihren Kellern während des Winters vermehrten.) Joel bezweifelte zwar, daß so viele Leute darauf scharf waren, Würmerbrei als Goldfischfutter zu kaufen, aber das hatte er Tony nicht gesagt.

Im letzten Sommer hatten sie sich eine tolle Methode ausgedacht, viel Geld mit verzierten Pennies zu verdienen. Fünfzig Ein-Pennystücke hatten sie plattgemacht, indem sie sie auf die Schienen legten und vom 3-Uhr-45-Zug überrollen ließen.

Der Zug hatte die Geldstücke in dünne Kupferscheibchen verwandelt.

Aus dem Geschäft war allerdings nicht das geworden, was man als Erfolg bezeichnen konnte: Sie waren nur einen Penny losgeworden, weil nämlich auch alle anderen Kinder in der Gegend den Trick kannten. Der eine

Penny, den sie verkauft hatten (für fünf nicht plattgedrückte Pennies), war an ein zimperliches Mädchen gegangen, dessen Mutter ihm verboten hatte, in die Nähe der Schienen zu gehen. So waren sie auf neunundvierzig Pennies sitzengeblieben, die sich nicht mehr ausgeben ließen, nicht einmal in einem Kaugummiautomaten.

Joel schleuderte die letzte Zeitung von sich und wendete sein Fahrrad. Bobby war endlich still geworden, und dafür war Joel dankbar. Er konnte die kleinen, warmen Hände seines Bruders fühlen, wie sie sich an seinem Hemd festhielten, und die Atemzüge auf dem Rücken, so nah, so lebendig.

Eine Welle von Fürsorglichkeit überkam Joel. Er würde Bobby das Schwimmen beibringen müssen. Bobby hatte noch Angst davor, sein Gesicht ins Wasser zu tauchen. Joel würde sofort anfangen, mit ihm zu üben. Jedes Kind sollte unbedingt schwimmen können. Manchmal schienen sich Eltern gar nicht klarzumachen, was für ein gefährlicher Ort die Welt ist.

Als Joel kurz vor ihrem Haus um die Ecke bog, konnte er seine Mutter und seinen Vater auf dem Vorplatz sehen, wie sie mit Mr. und Mrs. Zabrinsky sprachen. Und wie er die vier dort mit ernsten und angespannten Gesichtern stehen sah, da durchzog ihn ein Frösteln. Worüber sprachen sie? Was wußten sie? Inzwischen mußte doch jemand seine Lügen durchschaut haben.

Oder vielleicht war der junge Mann gekommen und hatte ihn angezeigt.

Joel fuhr langsam die Auffahrt hoch, sprang vom Rad und schob es in die Garage, noch bevor Bobby Gelegenheit hatte, runterzuklettern. In der Garage angelte er Bobby vom Sitz und stellte ihn auf den Boden.

»Danke, Kumpel«, sagte er. »Ich weiß deine Hilfe zu schätzen.« Er lehnte sein Fahrrad so gegen die Wand, daß es den Autos nicht im Weg stand.

»Morgen helf ich dir wieder, Joel«, sagte Bobby, und sein Gesicht strahlte im Halbdunkel der Garage.

»Mal sehen«, sagte Joel und klopfte Bobby auf die Schulter. Er begann, an seinem Fahrrad herumzuhantieren, schaltete ziemlich sinnlos die Gänge hin und her und tat sehr beschäftigt.

Bobby sah ihm einen Augenblick zu, drehte sich dann um und hüpfte nach draußen. »Mama, Papa!« rief er, noch bevor er aus der Garage heraus war. »Joel hat erlaubt, daß ich morgen wieder bei der Zeitungstour helfen darf.«

Joel blieb stehen, wo er war, und versuchte, die verspannten Gesichtsmuskeln und das Zittern seiner Hände unter Kontrolle zu bringen. Sie sprachen da draußen über *ihn*. Das wußte er genau. Aber es gab keinen Weg an ihnen vorbei, ohne daß sie ihn sehen konnten, und wenn er noch länger in der Garage blieb, würden sie das sicher auch verdächtig finden. Noch einmal schaltete er an der Gangschaltung, ließ die Schultern hängen und zog den Kopf ein – wie eine Schildkröte in ihren Panzer. Dann trat er hinaus in das grelle Licht vor der Garage.

10

»Joel, kommst du bitte mal für einen Moment her?« rief Joels Vater.

Joel zögerte, überlegte, ob er es wagen könnte, so zu tun, als habe er nichts gehört. Aber dann drehte er sich langsam um, den Kopf noch immer gesenkt, und bewegte sich auf seinen Vater zu.

»Zabrinskys möchten wissen, wo du Tony zuletzt gesehen hast«, sagte sein Vater, als er neben ihm stand.

Joel stellte sich plötzlich Tony vor. Wie er gelacht hatte, als das Flußwasser aus seinen Haaren rann. »Auf der Straße«, sagte er. »Auf der Straße zu den Todesfelsen.«

»Aber wo auf der Straße?« fragte Mr. Zabrinsky. »Wie weit wart ihr, als du umgekehrt bist?« Mr. Zabrinsky war ein großer Mann mit riesigen, ziemlich behaarten Händen. Seine Stimme klang ungeduldig.

»Oh«, sagte Joel und bolzte mit der Spitze seines Turnschuhs einen Löwenzahnkopf ab. »Ungefähr bis zur Brücke über den Fluß, glaube ich.«

»Brücke über den Fluß!« wiederholte Mrs. Zabrinsky mit einem leichten Luftschnapper.

Mr. Zabrinsky beugte sich zu Joel. »Aber er war auf dem Weg zu den Todesfelsen. Das stimmt doch?«

»Das stimmt«, murmelte Joel und wünschte, er könnte sich an die Geschichte erinnern, die er ursprünglich vorgehabt hatte zu erzählen.

»Übrigens«, sagte Mrs. Zabrinsky, »Tony kann nicht schwimmen. Er wird doch wohl nicht zu nahe an den Fluß gegangen sein. Er wird doch wissen, daß . . .« Sie schien zu versuchen, sich selbst zu beruhigen.

»Er kann nicht schwimmen?« fragte Joel und guckte schräg zu ihr hinauf. »Tatsächlich?«

Sie lächelte ein flüchtiges, zerknautschtes Lächeln, das Joel schon tausendmal bei ihr gesehen hatte. »Das mußt du doch wissen, Joel. Du bist doch oft genug mit ihm ins Freibad gegangen . . . wenn er dazu Lust hatte.«

Joel zuckte mit den Schultern und versuchte wegzuschauen. »Na ja, meistens hat er auf der Rutsche gespielt – oder an den Seilen, wissen Sie –, aber er hat mir nie gesagt, daß er nicht schwimmen kann.«

Mrs. Zabrinsky griff nach Joels Arm, aber ganz unwillkürlich wich er ihr aus. Seine Haut fühlte sich klebrig an, und er war sicher, daß der Gestank des Flusses wie Dampf von ihm aufstieg.

»Vielleicht hätte ich dir das gar nicht erzählen sollen«, sagte sie. »Vielleicht möchte er nicht, daß du das weißt. Er hat es schon mal mit Schwimmstunden probiert, aber die Angst vor dem Wasser ist ihm geblieben.«

Tony? Angst? Das glaubt ihr doch selber nicht, dachte Joel.

»Ist das alles?« fragte er und steckte seine Hände in die Taschen.

»Ja«, sagte sein Vater. »Das ist alles, denke ich.« Als Joel wegging, versuchte er, ganz locker auszusehen, und überlegte dabei krampfhaft, wie sich seine Füße bewegt hatten, bevor er auf sie geachtet hatte. Da hörte er, wie sein Vater zu den Zabrinskys sagte: »Wir sollten den Parkwächter anrufen. Und wenn er nichts weiß, dann fahren wir raus und sehen selbst nach.«

»Vielleicht brauche ich mir gar keine Sorgen zu machen«, sagte Mrs. Zabrinsky. »Aber Sie wissen ja, wie

Tony ist. Ich glaube, um ihn sorge ich mich mehr als um alle anderen Kinder zusammen.«

Joel ging ins Haus hinein, in die kühle Dämmerung der Diele. Warum hatte Tony nicht an seine Mutter gedacht, daran, daß sie sich Sorgen macht, *bevor* er sich entschlossen hatte, im Fluß zu schwimmen?

Joel stand unter der Dusche, und das Wasser strömte über seine Haut. Er hatte sich schon dreimal eingeseift, die Haare, alles, dann abgespült und wieder eingeseift. Das Wasser fing langsam an, kalt zu werden, ein Zeichen, daß er bald aufhören mußte. Wenn er das ganze warme Wasser verbrauchte, würde seine Mutter ärgerlich.

Er drehte die Dusche zu und trocknete sich ab. Während er die Haut abrubbelte, stieg wieder der Geruch in seine Nase, der Geruch des Flusses, der Geruch nach toten Fischen.

Er überlegte, ob er noch einmal unter die Dusche gehen sollte, aber er tat es nicht. Es würde nichts nützen, das wußte er.

Er zog die Schlafanzughose an und ging durch den dunklen Flur in sein Zimmer. Bobby lag im Bett und war wahrscheinlich schon eingeschlafen. Im Erdgeschoß brannte Licht, und das Stimmengemurmel seiner Eltern drang nach oben. Ohne in seinem Zimmer das Licht anzumachen, ging er einfach auf den dunklen Umriß seines Bettes zu und legte sich auf die Bettdecke. Beim Hinlegen bewegte er Arme und Beine äußerst vorsichtig, so, als verursachten sie ihm Schmerzen.

Nach einer Weile hörte er leise Schritte auf der Treppe, und dann kam seine Mutter ins Zimmer. Sie setzte sich so nahe zu ihm auf das Bett, daß sie, da war er sicher, so tun mußte, als nähme sie an dem Geruch keinen Anstoß.

»Joel«, sagte sie, »bist du ganz sicher, daß du uns alles gesagt hast, was du weißt?«

»Über was?« fragte er ungehalten, als hätte er nicht verstanden. Irgendwie hoffte er, es gäbe eine Möglichkeit, nichts verstehen zu müssen.

»Über Tony, darüber, was ihr beide heute gemacht habt.«

Für einen kurzen Augenblick dachte er daran, ihr alles zu erzählen. Es wäre eine große Erleichterung, den Worten freien Lauf zu lassen, die herausdrängenden Tränen kommen zu lassen. Aber dann müßte er es auch den Zabrinskys sagen und der Polizei. Und er sah die Enttäuschung im Gesicht seines Vaters, und darum konnte er nicht. Es ging einfach nicht. Er ließ sich auf den Bauch herumfallen und murmelte die Antwort ins Kissen.

»Ich habe dir doch schon gesagt . . . Ich war müde und bin nach Hause gekommen. Ich weiß nicht, was Tony gemacht hat.«

»Habt ihr euch gestritten?« fragte sie sanft.

Joel konnte sich daran erinnern, daß er wütend auf Tony gewesen war, aber nicht mehr, warum. Vor allem aber wußte er noch, daß er gesagt hatte: »Du bist doch der, der Angst hat.«

»Nein«, sagte er. »Wir haben uns nicht gestritten.«

Seine Mutter blieb bei ihm sitzen, als erwarte sie weitere Erklärungen, und nach einer Weile begann Joel, seine Zunge mit den Zähnen festzuhalten. Das war die einzige Möglichkeit, die Worte aufzuhalten, die aus seinem Mund zu stürzen drohten. *Ich weiß, wo Tony ist,* wollte er sagen. *Ich kann euch haargenau die Stelle zeigen, an der ihr suchen müßt.*

Schließlich beugte sich seine Mutter über ihn, gab ihm einen Kuß auf den Hinterkopf und stand auf, um zu gehen. Als sie das Zimmer verlassen hatte, lockerte Joel seine Kiefer und genoß den nachlassenden Schmerz in seiner Zunge.

Ein paar Minuten später hörte er die Schritte seines Vaters auf der Treppe, hörte, wie er direkt vor seinem Zimmer stehenblieb. Er wartete dort lange, aber Joel tat so, als sei er eingeschlafen. Lag vollkommen ruhig da und konzentrierte sich darauf, regelmäßig und langsam zu atmen. Endlich ging sein Vater fort.

Joel vergrub das Gesicht im Kissen, drückte Nase und Mund in die stickige Dunkelheit. Es wäre besser gewesen, er und Tony hätten sich aneinandergeseilt und wären die Felsen hochgeklettert. Dann hätte er wenigstens nicht allein zurückkehren müssen.

11

Joel lag da und wartete. Er starrte in die Dunkelheit, bis ihm die Augen weh taten, versuchte angestrengt, etwas zu sehen, zu hören, obwohl er nicht wußte, auf was er eigentlich wartete.

Als er schließlich ein Geräusch vernahm, das weiche Singen von Autoreifen auf dem Asphalt, dann das hohle Zuschlagen von Autotüren, gedämpfte Stimmen – da stand er auf und lief hastig ans Fenster.

Ein Auto hatte vor dem Haus der Zabrinskys gehalten, und zwei Männer gingen zur Haustür hinauf. Joel atmete keuchend. Polizei! Die Männer waren Polizeibeamte! Der junge Mann mußte es also doch noch gemeldet haben.

Er versuchte, die Jeans über den Schlafanzug zu ziehen, aber sein Fuß verfing sich im Stoff. Mit einem Tritt fegte er die Jeans aus dem Weg und raste die Treppe hinunter. Er mußte es erklären! Wenn die Polizei herausbekam, was für eine Lüge er den Zabrinskys erzählt hatte . . .

Die Haustür war verschlossen, und er verlor Sekunden damit, am Schloß herumzufingern, nach rechts und links zu ruckeln. Endlich sprang die Tür auf. Aber am Ende des Steinwegs blieb er plötzlich stehen und fand mühsam das Gleichgewicht wieder.

Auf der anderen Seite der Straße konnte er schemenhaft Mr. Zabrinsky im Hauseingang stehen sehen, wie er mit den Beamten sprach. Hinter ihm kam Tonys Mutter durch die erleuchtete Diele auf die Gruppe von Männern zu. Joel fühlte einen Stich in der Magengegend.

Schon wollte er sich wieder umdrehen und hineingehen, da öffnete sich die Tür und sein Vater kam auf den Steinweg heraus und knöpfte sich sein kurzärmeliges Hemd zu.

Joel wartete, ob seine Mutter auch kommen würde, aber sie kam nicht. Sie war wohl schon schlafen gegangen.

»Komm mit, mein Sohn«, sagte sein Vater. »Vielleicht können wir da nützlich sein.«

Nein! wollte Joel flüstern, schreien. *Ich gehe nicht da*

rüber. Aber kein einziger Laut kam über seine Lippen, und als sein Vater eine Hand auf seine Schulter legte, da schien er nicht mehr in der Lage, sich zu wehren. Er drehte sich um und ging mit seinem Vater zum Haus der Zabrinskys.

»Hier ist der Junge, der mit Tony zusammen war«, sagte Mr. Zabrinsky gerade, als Joel und sein Vater sich zu den Beamten stellten. Mr. Zabrinsky sprach ganz tonlos. Alles Leben schien aus seiner Stimme gewichen.

Die beiden Polizisten drehten sich gleichzeitig zu Joel. Ihre Augen lagen im Schatten der Schirme ihrer Dienstmützen, ihre Münder waren schmale Linien. Einer der beiden hielt eine Plastiktüte in der Hand, aus der er Tonys hellblaues T-Shirt zog. Joel tat einen Schritt nach hinten, aber sein Vater hielt seinen Arm hinter ihn. Joel wußte nicht, ob sein Vater ihn beschützen oder davon abhalten wollte, fortzurennen.

»Was haben Sie gefunden?« fragte sein Vater.

»Die Sachen von dem Jungen«, sagte der Beamte, der das T-Shirt in der Hand hielt. »Am Fluß. Auch sein Fahrrad.«

Joel warf einen verstohlenen Blick auf Tonys Mutter. Sie schwankte, die Hände gegen das Gesicht gepreßt. Kannte sie die Wahrheit? Wußte sie, daß er dabei war, daß er alles mitangesehen hatte? Er konnte es nicht sagen.

»Hast du gewußt, daß Tony zum Fluß runtergegangen ist, Joel?« fragte Mr. Zabrinsky mit derselben tonlosen Stimme.

»Nein«, sagte Joel. »Ich weiß gar nichts. Ich bin müde geworden, das habe ich doch gesagt. Ich . . .«

Alle sahen ihn an, die Polizeibeamten, Tonys Eltern,

sein Vater. Starrten ihn an. Wieder versuchte Joel, zurückzuweichen, und wieder hinderte ihn sein Vater daran. Der leichte Druck des Armes auf seinem Rücken verstärkte nur das Verlangen, sich einen Weg zu bahnen, auszubrechen und wegzurennen. Wenn er hier entkam, dann könnte er sich irgendwo verstecken, da, wo ihm diese schrecklichen Augen nicht folgen konnten. Warum war er überhaupt auf dem Weg zu den Todesfelsen umgekehrt? Er wußte es einfach nicht.

»Also gut«, sagte er. »Also gut. Tony wollte baden. Ich habe versucht, ihm das auszureden. Ich habe ihm gesagt, daß der Fluß gefährlich ist.«

»Und hast du ihn ins Wasser gehen sehen?« fragte einer der Beamten und trat näher an Joel heran.

Auch der andere kam näher und fragte: »Warst du dabei?«

»Nein!« schrie Joel. »Nein!«

»Niemand gibt dir die Schuld, mein Junge«, sagte der erste Beamte. »Aber je mehr du den Eltern deines Freundes sagen kannst . . .« – er deutete mit einer Hand auf die Zabrinskys, so, als wolle er Joels Aufmerksamkeit auf ein Bild oder eine Statue im Hauseingang lenken – ». . . desto besser ist es. Die Ungewißheit, weißt du, – das ist das Schlimmste.«

»Bitte«, flüsterte Mrs. Zabrinsky. »Wenn du irgendwas weißt . . .« Mr. Zabrinsky lehnte am Türrahmen, seine riesige Hand eng an den Mund gepreßt, und weinte leise.

»Joel?« sagte sein Vater. »Du mußt es uns sagen.«

Und dann drehte er sich zu den anderen und fügte hinzu, indem er seinen Arm schwer auf Joels Schultern legte: »Joel ist ein aufrichtiger Junge. Er wird Ihnen sagen, was er weiß.«

Aufrichtig! Joel wankte unter dem Gewicht des Armes, bewegte sich langsam und taumelnd an den Rand des Steinwegs. Die fünf Gesichter neigten sich über ihn wie fünf blasse Monde, aber das seines Vaters schien ihm am größten.

Er holte tief Luft. »Tony wollte in den Todesfelsen klettern, aber ich hatte Angst. Und dann hat er sich das anders überlegt, wollte lieber baden gehen, und ich wollte . . . dachte ich . . . ich dachte . . .« Er zitterte am ganzen Körper, während er sprach. »Ich habe nach ihm gesucht. Als er untergegangen war, habe ich versucht, ihn zu finden. Aber ich konnte ihn nicht . . . Er war einfach . . . er war einfach weg.«

»O . . . Joel!« Der Arm, der ihn gehalten hatte, kam nicht wieder, um ihn zu berühren.

»Joel!« sagte sein Vater noch einmal.

Mr. Zabrinsky stöhnte und trat rückwärts in die dämmrige Diele. Tonys Mutter stand vollkommen regungslos da. Sie sah ihren Mann nicht an. Sie starrte mit verzerrtem, entstellten Gesicht auf Joel.

Alle schauten ihn an, jeder gab ihm die Schuld. Er wollte sich wegdrehen, endlich fortrennen, aber seine Füße versagten. Statt dessen stolperte er auf seinen Vater zu, riß die Arme hoch, die Hände zu Fäusten geballt. »Ich hasse dich!« schrie er und trommelte auf die Brust seines Vaters. »Alles ist deine Schuld! Du hättest mir nicht erlauben dürfen zu fahren!« Sein Vater schwieg. Er unternahm auch nichts, um sich vor Joels Fäusten zu schützen. Er stand einfach da und nahm die Wucht der Schläge auf, bis

Joel es nicht länger aushielt. Er drehte sich um und lief über die Straße davon.

Aber schon während er die Haustür zuknallte und die Treppe hochrannte, war es ihm klar. Er haßte nicht seinen Vater, am Ende haßte er nicht seinen Vater.

Er haßte sich selbst . . . Tony war seinetwegen gestorben.

12

Joel lag zusammengerollt auf der Seite, sein Gesicht der Zimmertür zugewandt. Dort würde gleich sein Vater erscheinen. Um ihn zu bestrafen. Diesmal mußte er es tun. Diesmal blieb ihm keine andere Wahl.

Er mußte ihn bestrafen, weil er ihn angeschrien hatte, weil er ihn geschlagen hatte . . . weil er Tony dazu gebracht hatte, zur Sandbank zu schwimmen.

Joel hatte von Anfang an gewußt, daß es seine Schuld war. Von dem Moment an, in dem Tony verschwunden war, hatte er es gewußt. Wegrennen hätte daran so wenig geändert, wie Zurückkommen daran geändert hatte.

Nichts konnte an dem etwas ändern, was geschehen war . . . niemals.

Ein leichter Wind strich über sein Bett, raschelte in den Blättern des Ahorns draußen vor dem Fenster. Es war der Baum, in dem Joel und Tony ihr Baumhaus angefangen hatten zu bauen. Das Geräusch der Blätter, das Gefühl der kühlen Luft auf seiner Haut taten gut. Es war gut, so etwas wieder spüren zu können. Tony konnte das nicht. Tony konnte nichts mehr spüren.

Joel hob den Arm an seine Nase und schnupperte. Der Geruch war immer noch da, so intensiv, daß seine Augen brannten. Bis zum Lebensende würde dieser Geruch ihn begleiten, da war er sicher.

Warum war er nur so blöd gewesen und hatte Tony den Vorschlag gemacht? Er kannte Tony doch. Wenn jemand ihm vorgeschlagen hätte, durch Feuer zu gehen, hätte er das auch getan.

Joel zog das Kissen über den Kopf und stieß es wieder fort. Seine Augen waren trocken und kratzten wie Sandpapier. Er wollte, daß sein Vater kam, damit es endlich vorbei war.

Die Haustür ging auf und wieder zu. Joel konnte hören, wie sein Vater am Türschloß hantierte. Hatte er jetzt endlich kapiert? Das Böse war nichts, was man einfach aussperren konnte. Das Böse war etwas, das immer in einem steckte, auch wenn man es nicht ahnte.

Sein Vater kam jetzt mit langsamen, schweren Schritten die Treppe herauf und blieb vor Joels Tür stehen, wie schon einmal an diesem Abend. Joel lag ruhig da, machte sich ganz steif, obwohl er wußte, daß es diesmal nichts half, sich schlafend zu stellen.

Sein Vater kam herein. Er zog den Stuhl von Joels Schreibtisch neben das Bett, sehr nahe, und setzte sich. Erst schwieg er, und Joel dachte: *Er wird die ganze Nacht da sitzen. Das ist seine Art, mich zu bestrafen. Er bleibt die ganze Nacht da sitzen, damit ich nicht wegrennen kann, damit ich nicht schlafen kann, damit ich noch nicht mal weinen kann, wenn ich will.*

Joel versuchte, regelmäßig und langsam zu atmen, so wie schon einmal. Aber schon bald fühlte er sich, als sei er lange gerannt und müsse nach Luft schnappen. Seine Haut spannte, gleich würde er explodieren.

»Es tut mir leid«, sagte sein Vater schließlich.

»Leid?« platzte es aus Joel heraus, und vor Erstaunen rollte er auf den Rücken. »Wieso tut es *dir* leid?«

Sein Vater antwortete nicht sofort, und gerade, als Joel davon überzeugt war, daß er überhaupt nicht mehr antworten würde, sagte er: »Es tut mir leid, daß ich die Situation falsch eingeschätzt habe. Es tut mir leid, daß ich dir erlaubt habe zu fahren.«

Joel erwiderte nichts.

»Und«, sagte sein Vater weiter, »es tut mir leid, daß du solche Angst haben mußtest und daß du so allein warst.«

»Es ist meine Schuld«, sagte Joel matt. »Alles ist meine Schuld.«

»Wahrscheinlich hätte niemand Tony in diesem Wasser finden können«, antwortete sein Vater und begriff noch immer nicht. »Selbst wenn du es irgendwie geschafft hättest, dann hätte er dich vielleicht mit nach unten gezogen. Er war größer als du und schwerer. Er wäre in dem Moment wie von Sinnen gewesen.«

Joel dachte an das tosende Wasser, das über seinem Kopf zusammengeschlagen, in seine Lungen eingedrungen war, und er bekam eine Gänsehaut. Aber dann stellte er sich Tony vor, wie er darauf drängte, *sein* Fahrrad zu benutzen, wie Tony sich über das Brückengeländer lehnte, wie Tony so tat, als sei er ein Urzeitmonster. »Mich hätte es erwischen sollen«, sagte Joel.

Sein Vater griff beinahe grob nach seinem Arm. »Sag so etwas nicht«, sagte er. »Ich will das nie wieder hören.«

Joel schaute seinem Vater ins Gesicht. »Es war meine

Schuld«, wiederholte er. »Wenn ich nicht runter zum Fluß gegangen wäre, wäre Tony auch nicht ins Wasser gegangen.«

»Vielleicht«, sagte sein Vater. »Vielleicht auch nicht. Woher soll man das wissen? Man kann sein Leben nicht auf *Vielleichts* bauen.«

An der Stelle, an der sein Vater ihn festhielt, begann Joels Arm zu schmerzen. Aber das reichte noch nicht. Nichts, was sein Vater sagte oder tat, war ihm genug. »Bestrafst du mich jetzt?« fragte er.

Sein Vater seufzte und schwieg wieder für einen Augenblick. Seine Hand versuchte, den festen Griff von vorher sanft fortzustreicheln. »Möchtest du das?«

»Du hast heute morgen gesagt, ich hätte mein Ehrenwort gegeben. Ich sollte nirgendwohin fahren, nur zum Park.«

Sein Vater fragte bloß: »Was hättest du davon . . . noch mehr Strafe?«

Da Joel darauf keine Antwort wußte, sagte er das, woran er als einziges denken konnte, sagte es scharf, als sei es eine Anklage: »Deine Hand wird gleich danach riechen.«

»Wonach?« Sein Vater hob die Hand an Joels Kopf.

»Nach dem Fluß. Hast du denn den Geruch nicht bemerkt?«

Sein Vater roch an seiner Hand, beugte sich nach vorn, um seine Nase dichter an Joels Haut zu bringen, und richtete sich wieder auf.

»Ich weiß nicht, was du meinst, Joel. Ich kann überhaupt nichts riechen.«

»Aber *ich* kann es riechen«, jammerte Joel. »Es geht nie wieder weg.«

Sein Vater sagte nichts.

»Mach, daß es weggeht«, flüsterte Joel, als redeten sie über eine Person, die im Zimmer stand, über jemanden, der so dazu gebracht werden konnte, zu verschwinden.

Sein Vater strich Joel das Haar aus dem Gesicht. »Das kann ich nicht«, sagte er leise.

Wut wogte durch Joels Adern. Er wollte seinen Vater wegstoßen, wieder mit den Fäusten bearbeiten. Wozu war dieser Mann denn gut, wenn er ihn nicht davor beschützen konnte, daß schlimme Dinge passierten, und ihn nicht bestrafte, damit diese Dinge wieder in Ordnung kamen?

»Du kapierst nicht«, sagte er mit zusammengepreßten Zähnen. »Ich habe Tony überredet, zur Sandbank zu schwimmen. Ich habe gewußt, daß er nicht besonders gut schwimmen konnte, ich mußte das ja wissen. Ich habe ihn dazu überredet.«

Joel hoffte ... eigentlich wußte er gar nicht, worauf er hoffte. Vielleicht darauf, daß die Welt zusammenbrach. Aber wenigstens erwartete er, daß sein Vater wütend hochfuhr. Statt dessen folgte wieder Stille, Stille von der Art, daß er hätte heulen mögen. Aber er zwang sich zur Beherrschung.

Er bewegte sich nicht, wartete nur.

»Es wird schwer werden, damit zu leben, für uns beide«, sagte sein Vater schließlich. »Aber wir können daran nichts ändern.«

Joel setzte sich hin. Jetzt schrie er: »Was sagst du da ... Wir? *Du* hast doch gar nichts getan. Du hast doch nicht gewußt, daß du es nicht erlauben durftest!«

»Aber wir alle haben heute eine Entscheidung getroffen, Joel. Du, ich, Tony. Tony ist der einzige, der mit seiner nicht zu leben braucht.«

Für einen Augenblick konnte Joel diesen Mann, der den Kummer nicht von ihm nahm, nicht nehmen konnte, nur verständnislos anstarren. Tony war frei, während er, er und sein Vater mit diesem schrecklichen Tag für immer leben mußten. Und obwohl Joel seine Kiefer aufeinanderpreßte und seine Augen zusammenkniff – es half nicht. Er begann zu schluchzen.

»Ah«, sagte sein Vater, wie erleichtert beugte sich zu ihm und zog ihn auf seinen Schoß. Joel war verlegen, fühlte sich zu groß dafür. Das war kein Platz mehr für ihn. Aber sein Vater schlang die Arme eng um ihn, und Joels Wange fand einen Platz in der Vertiefung zwischen Brust und Schulter. Wilde Schluchzer strömten wie Wasser aus ihm heraus.

Sein Vater hielt ihn lange fest, sagte nichts. Joels Tränen flossen, und seine Atemzüge wurden zu einem Keuchen. Sein Vater hielt ihn ganz fest. Nach einer Weile begann Joel im gleichen Rhythmus zu atmen, wie sich die Brust seines Vaters hob und senkte.

»Ich möchte jetzt wieder ins Bett«, sagte Joel endlich.

Sein Vater griff, ohne ihn dabei loszulassen, nach der Bettdecke, um sie zurückzuschlagen, stand dann auf und legte ihn vorsichtig ins Bett. Er zog die Decke hoch und steckte sie unter Joels Kinn.

Jetzt wird er mich allein lassen, dachte Joel, aber sein Vater setzte sich wieder auf den Stuhl.

Joel drehte sich auf die Seite, diesmal zu seinem Vater hin. Er war müde, erschöpft, trotzdem überwach. Und er fühlte sich leer, wie von einem Messer ausgehöhlt. Er überlegte, was er sagen könnte, nur um die Stimme seines Vaters zu hören.

»Glaubst du an den Himmel?« fragte er schließlich. »Glaubst du, daß Tony jetzt da ist?«

Sein Vater beugte sich zu ihm. »Wenn es einen Himmel gibt, dann ist Tony jetzt dort, da bin ich ganz sicher«, antwortete er. »Ich kann mir keinen Himmel vorstellen, der für liebenswerte, unbekümmerte Jungen verschlossen wäre.«

Wenn! Joel war, als sinke er durch das Bett. »Was meinst du damit . . . *wenn* es einen Himmel gibt?«

»Ich denke, niemand weiß genau«, antwortete sein Vater leise, »was danach geschieht.« Er zögerte, und seine Hand beschrieb eine Reihe von Kreisen in der Luft, senkte sich dann wieder in den Schoß, als sei damit alles gesagt. »Ich glaube, daß es etwas vom Leben gibt, das weitergeht. Etwas Wertvolleres, als daß es in einem Fluß aufhören könnte.«

Joel ließ die Worte seines Vaters langsam in sich eindringen. Er hatte mit etwas Bestimmterem, mit etwas Verläßlicherem gerechnet. *Ja, es gibt einen Himmel. Tony ist bestimmt jetzt dort.* Aber er mußte sich mit dem begnügen, was er bekommen hatte.

Und was er bekommen hatte, das war eine milde Sommernacht, ein Loch im Magen, das sich anfühlte, als könne es nie wieder gefüllt werden, und diesen Mann, seinen Vater, der neben seinem Bett saß.

»Bleibst du noch da?« fragte er und tastete suchend mit einer Hand, um das Knie seines Vaters zu berühren. »Bleibst du, bis ich eingeschlafen bin?«

»Ja, natürlich«, sagte sein Vater.